罗熹 绘

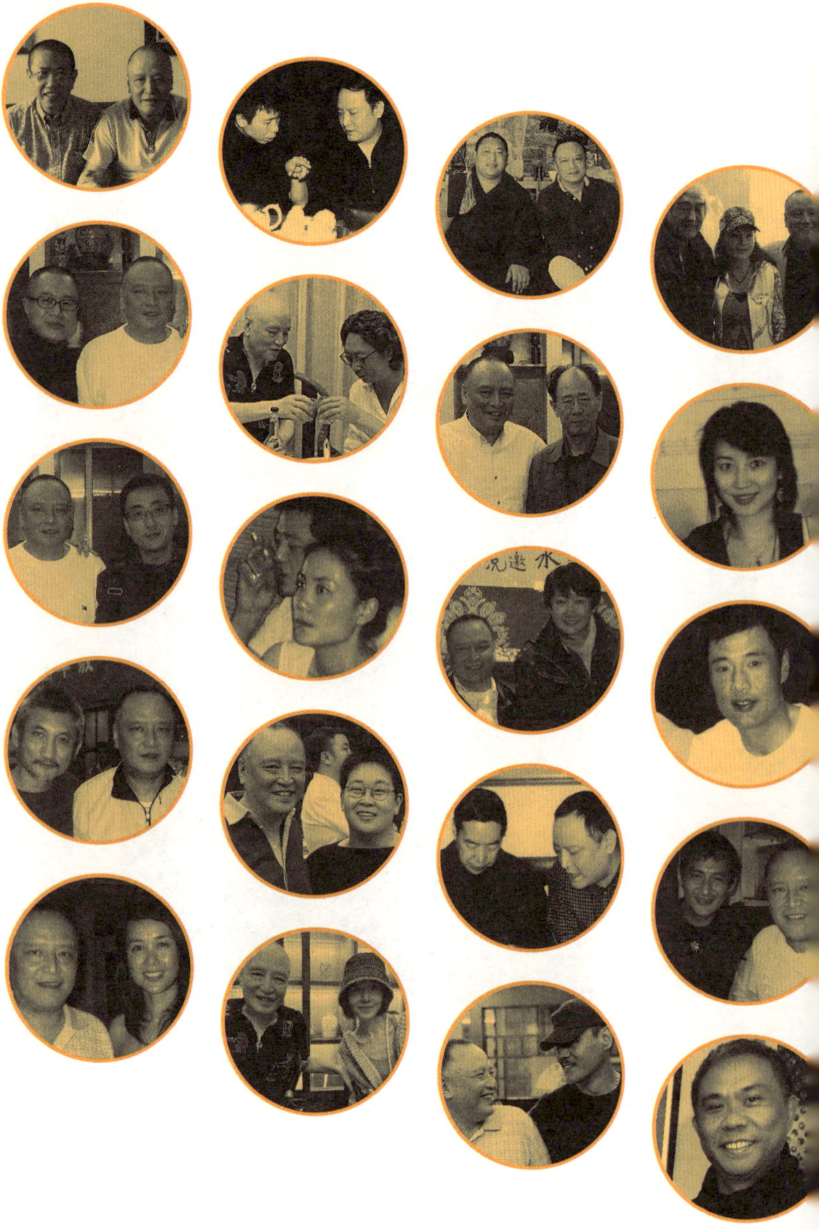

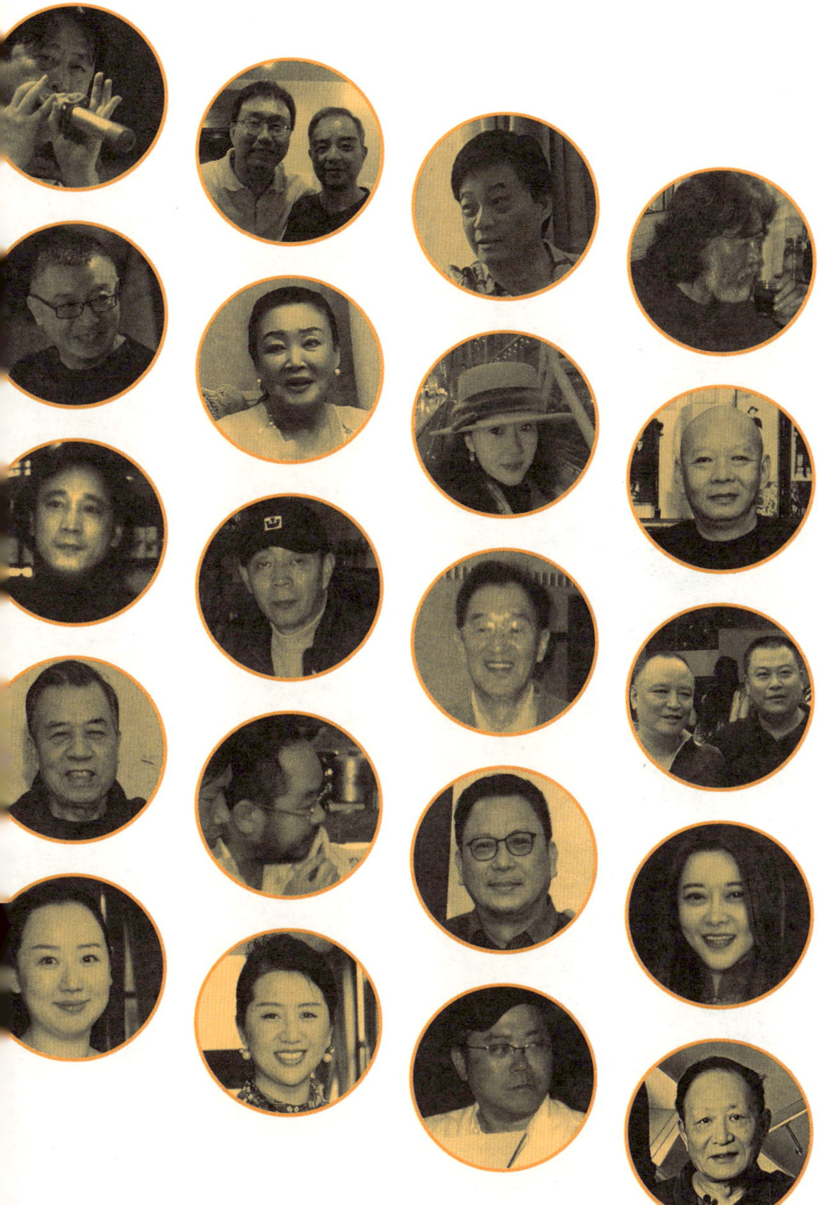

流动的世象

黄门宴上的社会镜像

三十年码头宴席

三十万流水众生

他在杯盘碰撞中观察世界

在人影流动中修行

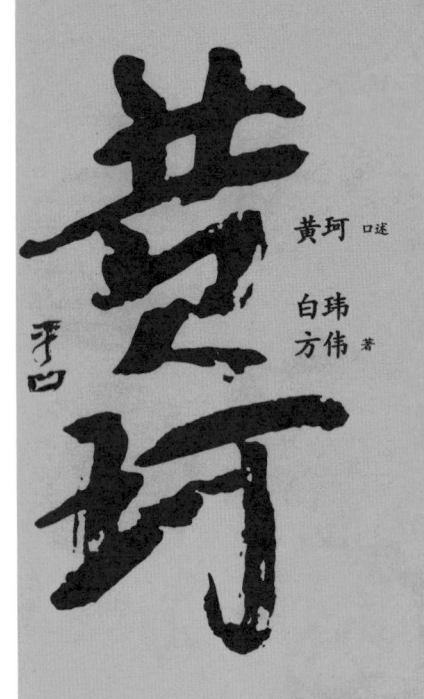

黄珂 口述

白玮
方伟 著

中国出版集团
研究出版社

绝版的柔情

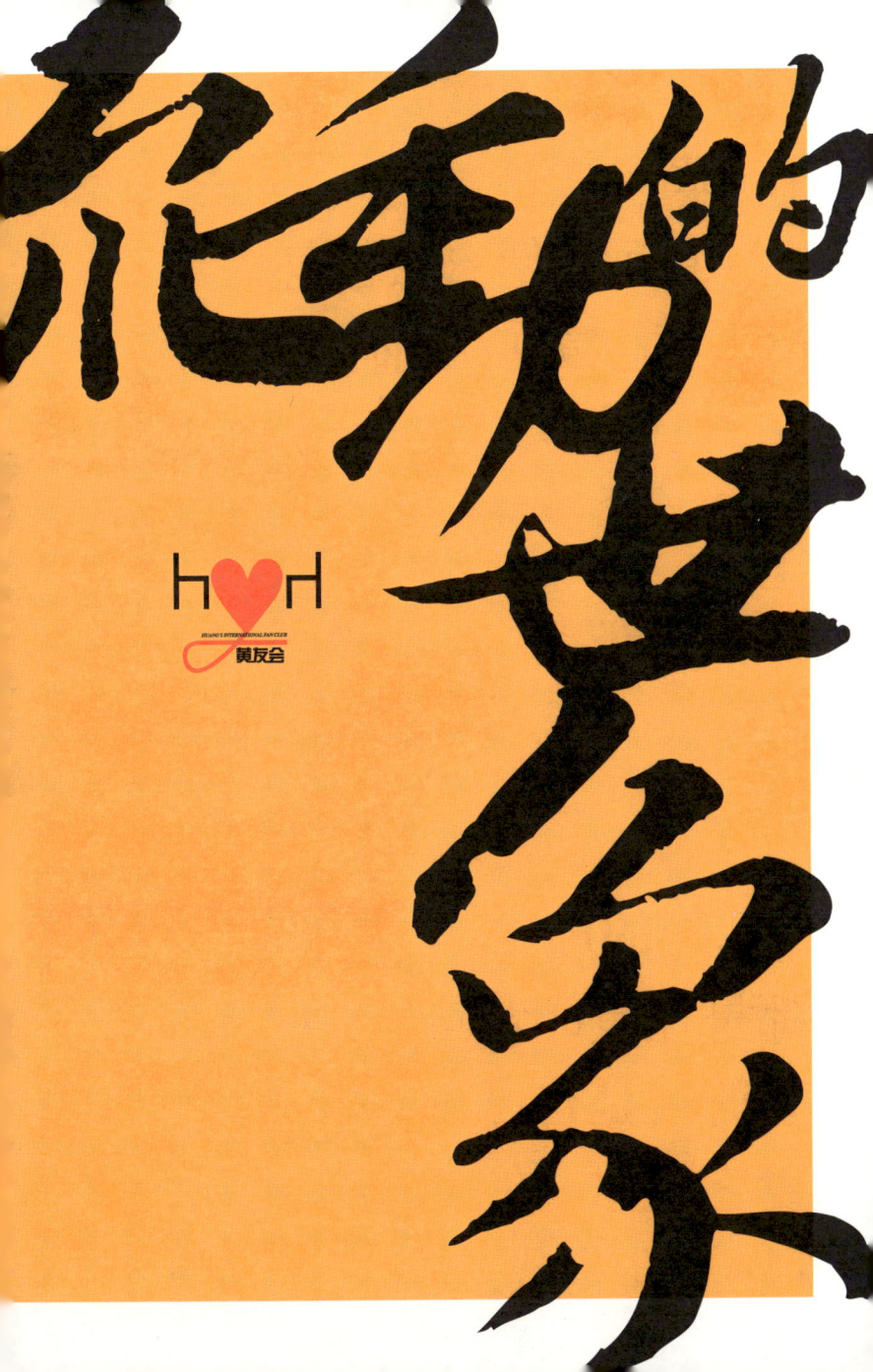

目录

非鱼 010 黄珂素描
虹影 014 黄珂就像一坛老泡菜
序章 020 黄门宴：江湖码头流水席

039 **凡间的庙宇** 092 今天的景象都是在复印童年 058 **人最难逃脱的就是自己** 068 爱生活，也爱它的甜 080 **在味蕾中找回自己** 092 光阴舍我，无依无靠 098 朋

友就是下酒菜 106 我是乌托邦主义者 116 某一年夏天的夜晚 126 梅花落满南山 140 爱情充满玄机 148 落花流水,风月无边 156 **生命欢喜就是我的宗教** 162 美食源自饥饿 170 今夜,谈食物,还是谈灵魂? 178 赚钱不是生活的重心 190 **为了告别的聚会** 196 流水席间有雅音 204 灰尘,生活在油彩上 214 **流动的世象** 230 身边即江湖 248 **人,是偏见的生物** 258 太阳,照着好人,也照着坏人 270 **世俗的情怀**

罗熹绘

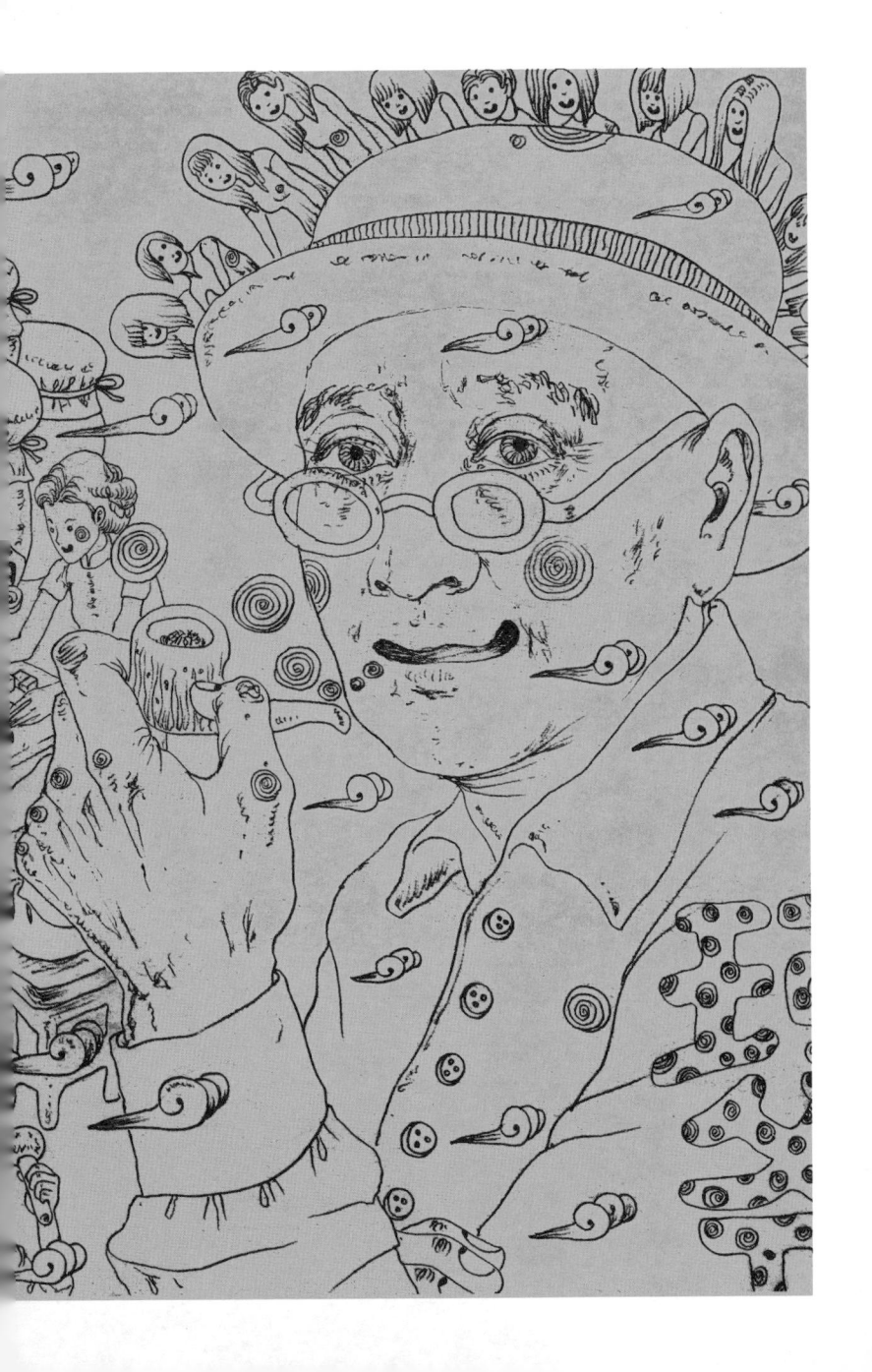

非鱼 写于2024年五一节

黄珂素描

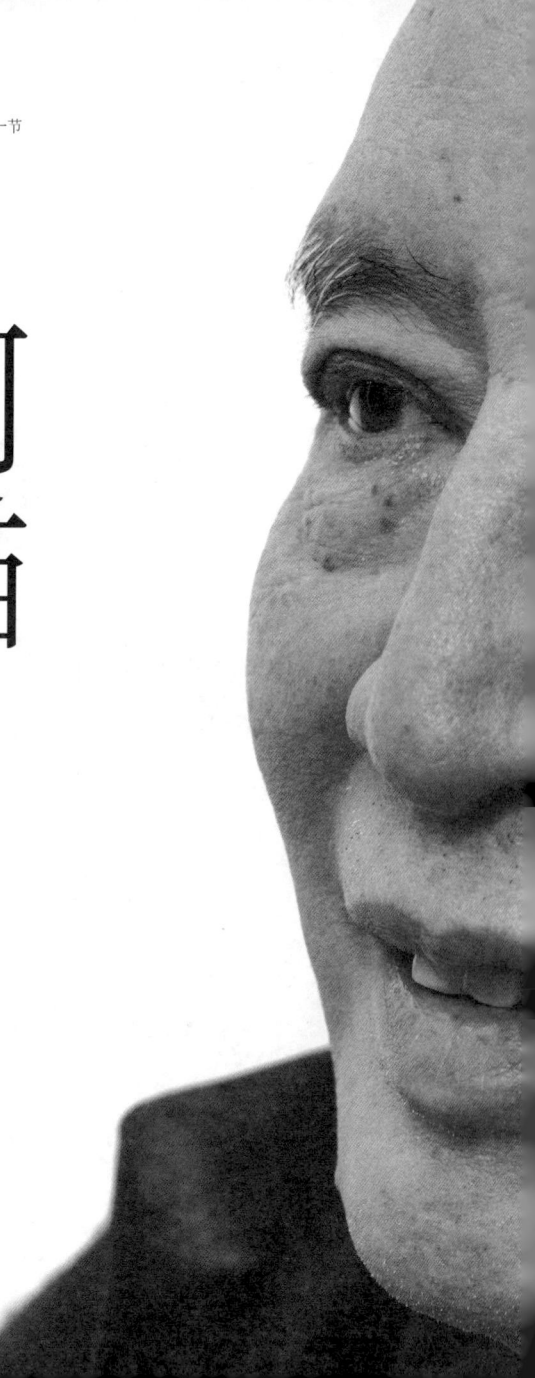

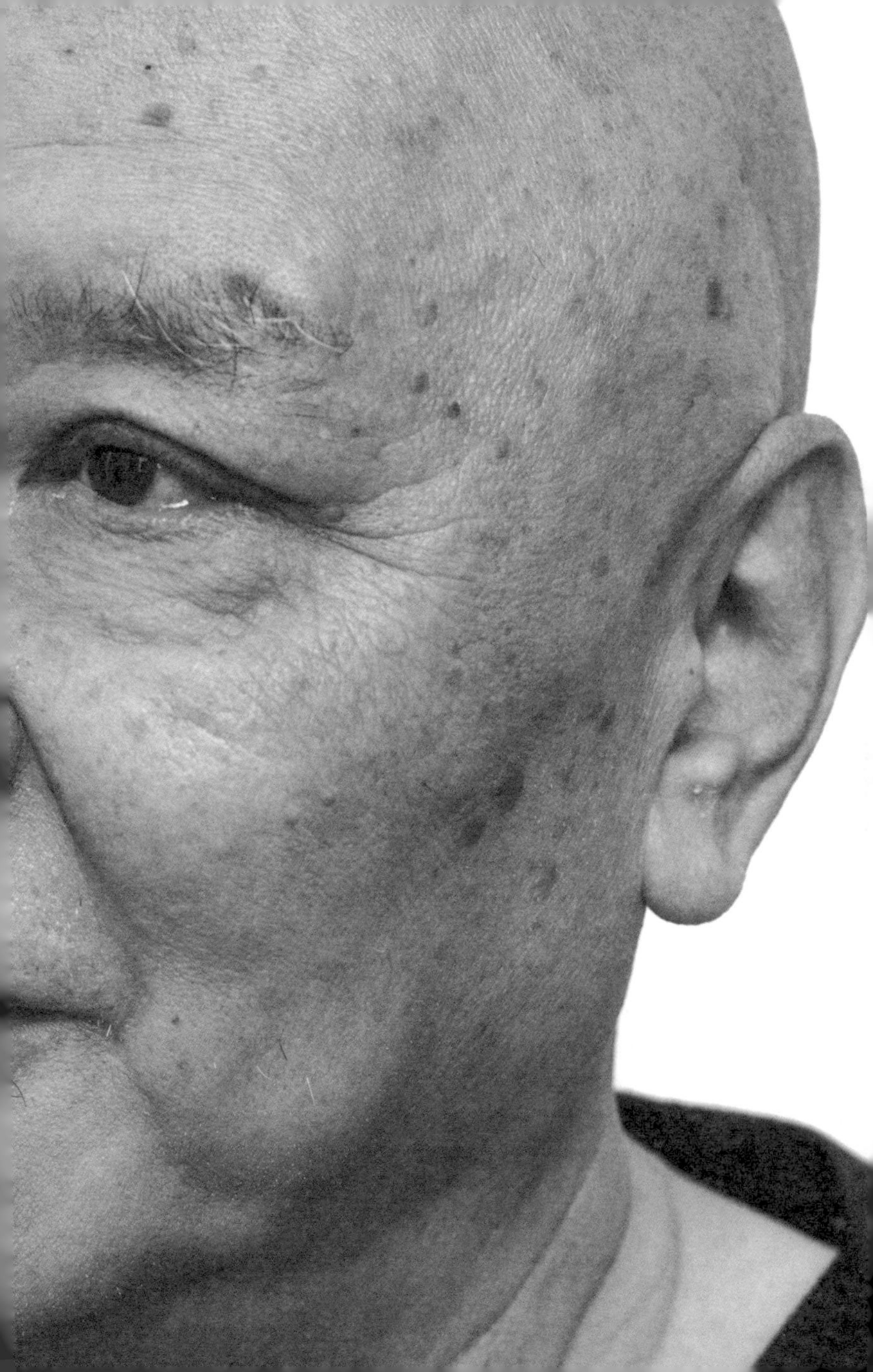

黄珂，重庆人，自小在长江边的朝天门码头长大，后来定居北京经商，做过广告、媒体，开过餐馆，闻名于世的天下盐、黄门老灶火锅都出自他的名下。江湖上都敬称他"黄爷"，女生则亲昵地喊他"珂爷"。

黄珂天生自带"重庆袍哥"的豪爽与佛心，乐善好施，喜交朋友。因一九九三年的一场车祸遭遇人生重大变故，自此他看淡尘世的喧嚣和生意场上的风云，便在北京的家中摆起了长江码头的流水席。宴席之上，先是身边的友人，随后友人带友人，席上的食客圈不断扩大，上至名士达人，下至贩夫走卒，三教九流，无所不包，无所不容。久而久之，便成了京城一道独特的文化景观，人称"黄门流水席"。凡来此宴饮的客人，空手而来，无须银两，酒足饭饱，抹嘴就走，来去自如，随意挥洒。故此，黄珂也被誉为"现代孟尝君"。

如今，三十多年过去，来此宴饮欢聚的食客不下三十万人次。食客们兴之所至，还自发地成立了一个虚拟社区"黄友会"，并在美国、巴西、意大利等国建立了分会，相互之间，不需要太多背书，只要说是黄门宴的食客，立马平添几分亲切。时间既久，黄门宴不仅成为一个"以食会友"的文化沙龙，更成为一个专属的文化名词，成为当代一个充满传奇色彩的文化现象。

在纷繁缭乱的世间，在熙熙攘攘的都市洪流之中，黄门宴不但是一处免费吃饭的码头，也是一处安抚心灵的港湾，更像是一个温暖的道场，不经意间，散发着友爱、亲情、宽容与慈悲。因之，黄门宴就像一个社会生态，记录和映照着芸芸众生的流水人生。

至于黄珂本人，今天的黄门宴，也不再是他免费款待"门客"的流水席，俨然已经成为他的一种生活方式，一种生活态度和哲学，成为他进入内心深处的一个途径。他通过这桌宴席重新思考和镜像一个世象人生。他观察世间万物，万物也在阅读着他。

正如卞之琳先生在《断章》中所写的那样：

你站在桥上看风景，
看风景人在楼上看你。
明月装饰了你的窗子，
你装饰了别人的梦。

虹影 文

黄珂
就像一坛
老泡菜

黄珂曾在我美食新书发布会上说，虹影在我的楼上作威作福，她经常到我的厨房来指指点点。就这句话，点明了我与他的邻居关系。

早些年，他住望京，当时我也住在望京，那是我从伦敦回到北京居住的时期，在自己的大书房里，写计划中的一部部长篇。那也是我个人生活最低潮时期，几乎足不出户。望京之好是任何东西都可以送来，米、鲜鸡、活鱼、鲜花和机票等，懒的话，可以叫餐。

好几个朋友说，你的老乡黄珂住在你楼下，在六层，要不要去认识一下？

我笑而不答。

几乎过了三年，有一次我去参加制片人朋友金盆洗手退出影视界的酒会，邻座，一个看上去很敦厚很和善的人，他问我是不是虹影。

我点头，反问他是谁。他说他是黄珂。他说我们住得那么近，什么时候下楼来，有些朋友在。他给了电话和房间号码。

我想我不讨厌他。有一天傍晚我下到六层，敲开他的门。屋里岂止是有些朋友，而是非常多的朋友。大多是老朋友，南来北往，七大洲五大洋，各种职业的人。真是一帮狐朋狗友，牛鬼蛇神，在他家里以黄珂友之名会友、交友。

他的饭菜很家常，凉拌萝卜丝和洋葱丝令我称绝，四川泡菜、黄氏牛肉汤锅是在所有的四川餐馆吃不到的佳肴，还有四川香肠和腊肉，一桌子菜大都是久违的四川老家菜。

这样我完全打破自闭的生活习惯，隔三岔五去他那儿。

他有两个大四川泡菜坛，我从他那儿要了底汤，回家就可以做泡菜。他并不多言，除了最先介绍朋友认识。有人有问题要他帮助，他就细心听，然后找相关的人解决难处。酒菜上桌，他坐在那儿，笑眯眯地看着一桌朋友边吃边高谈阔论。他有时抽烟斗，有时接电话，有新朋友来，安排第二桌。也有朋友把他拉到一边房间里，与他谈重要的事。事情结束后，他再回到座位，拿出身后各种好酒来给朋友倒。他从不劝酒，他说到他家的人从国家领导人到平民百姓一视平等，来者就是客，客就是他家主人。的确，朋友到他家，随便放音乐随便看书随便上网，随便画画弹琴唱歌跳舞打电子游戏，饿了，可随时加餐，他把家里保姆训练成一个做菜高手。喝醉了，可到他的客房休息。他让保姆做醒酒汤。不用多久，你发现，黄珂是一个非常有吸引力的男子，不仅是相貌，更是他的心灵。我好几个做电影导演的朋友都说，他长得很像演《现代启示录》《教父》的马龙·白兰度（Marlon Brando）。

每当此时，黄珂总是一笑，有着马龙·白兰度的沉默。

黄珂与虹影

甚至有时他还有着教父那样含混不清的说话方式。《教父》是我最着迷的电影，马龙·白兰度的表演实在令人心折。他的面无表情，有一种狂暴与优雅，还有一种残忍与邪恶。我记得他说过："不经常与家人待在一起的男人，永远也成不了真正的男人。"

马龙·白兰度是一个真正的男人。可是他的一生是那样的不同寻常，他有着不幸福的家。父母乱来，他从小得不到家庭温暖，后来把感情寄托在一个教士身上。他是一个双性恋者，也因同性恋被军校开除。

为改变命运，他来到纽约，跻身百老汇，他天性中的狂暴气质，成功地出演《欲望号街车》，声名鹊起。之后，拿下了七次奥斯卡提名，两次奥斯卡奖。他的家庭生活并不理想，妻子总在吵闹，情妇总在自杀，子女总陷入无边麻烦。他不停地结婚离婚，大儿子吸毒、私藏武器、干非法交易，还和他的情妇上床。

他人生最大悲剧发生在他老年，儿子克里斯蒂安杀死了女儿切娜的男友戴格。切娜说："是我父亲安排了一切。"之后女儿自杀。

谁也弄不清真相。不过人们不会忘掉他的表情，那是在电影里，有束昏暗的灯光打在他额头上，下半部脸隐没在阴影里。我们看见他的眉毛蹙起，形成悲伤的皱纹。

没有参加女儿葬礼的马龙·白兰度，必然也有一样的表情，他手握一杯酒，把痛苦留给身后的黑暗。他说："当一只海鸥从两千人头上飞过，谁知道它掉下的羽毛会落在哪里?"他在《巴黎最后的探戈》中说过的台词:"你一直是孤单的,你无法逃脱寂寞的感觉,直到你死去。"

关于黄珂的身世和传奇,各种版本,各种流言,电视报纸杂志都在报道这个现代孟尝君、大善人,连北京街上走着的一个老头老太太,都会说起黄珂这个名字:"哇,黄珂,就是那个在家里开免费流水席的人!"

他到底是何种人,有何种能耐,让所有人、有时是敌人的那些人都能成为他的朋友,甘心投在他的门下,成为黄客一员?

我所有的好奇心在黄珂这儿都消失,如同我讲了马龙·白兰度电影内外的故事,我只想说,黄珂是真正做到了放下屠刀立地成佛之人。与马龙·白兰度不同的是,他爱女儿如命。有一次他为远出旅行的女儿回家,专门买一束七彩菊花,在阳台上慢慢找花瓶,洗花瓶,盛上水,把花插入,放好在女儿房间。

我亲眼所见,不得不承认他是一位好父亲。

现在市面上有许多书,有讲医病的,有讲旅行世界的,有讲股票金融危机的,有讲中国不高兴的,有奥巴马自传,有武侠小说,有张爱玲想毁未曾毁的《小团圆》,什么书都有,但都不如黄珂这本书有意思有嚼头有趣,值得我们好些年来回味:我们人活着是为了什么?

黄珂搬离了望京,我也不住在望京十几年了,但我们依然往来如昔。今年我执导关于重庆往事的电影《月光武士》上院线,黄珂专门在黄友会组织了一场,他在映会上说,重

黄友会包场观看虹影第一次导演的电影《月光武士》

庆人骨子里有一种吃苦耐劳永不服输的精神，身在长江，心系天下。

黄珂如此好，说一千零二夜他的传奇，都不够；写一百万字关于他的人生哲学，都不足为怪，因为他给我们带来多么有意思的生活方式、人生目的——相信这么人情淡漠的世间，有真正温暖和爱，有他这样的百年不遇的四川好人，可提供我们每个朋友为他写这样的文字，同时也提供给我们这样的美食，温暖我们的心，他无疑是给中国文学艺术带来了希望。

黄珂多么好，我们得向他致敬！

白玮 文

序章

白玮与黄珂在重庆小吃街

黄门宴：
江湖码头
流水席

望京西园四区乙410楼，一处由两个套间打通大约三百平方米的普通民宅，就是京城著名的黄珂——珂爷的府邸，也是黄门流水席的道场。

几乎每天，一俟下午五点，珂爷家的门禁铃就开始次序不断地响起，然后就是操着不同话语的面孔以各不相同的表情蹽进道场，自发散落聚集在不同的房间，守候着一场宴席的开演。

此时，厨房里那一大锅萝卜牛肉汤已在灶台上炖煮了近三个小时，各式炒制的菜肴也已备置妥当，只待珂爷一声"开饭了"的招呼，各式菜品就会陆续上桌，一场晚宴便在来回晃动的人影里开始了。

这就是传说中的黄门流水席了……

1 望京西园应该算是一处老式的新区，乙410号楼乃是一栋传统的塔楼，楼门口没有现代高大上严肃看守的保安，但门禁却是有的。大抵是来往的食客使用频率太高的缘故，珂爷家的门禁似乎总是处于失灵状态，修了好，好了又坏。

在我的印象中，那门禁的铃仿佛一直是在维修的节奏中使用着。

每天的流水晚宴，没有固定人数，有时一桌，有时两桌，有时三桌。三桌之后，就没有多余的席位。再有后来者都先在客厅的沙发上坐着，喝茶、抽烟，等着空位出来再坐进去。

正桌是由两张长方形的餐桌拼凑而成，坐满可以容纳二十余人。为了节省空间，座位都是圆形的凳子。主座却是

一把陈年的太师椅，很严肃地端坐在餐桌的一端。在圆形凳子的映衬下，太师椅无形中透着一种尊严感，这正是珂爷的专属座席。

晚宴开始的时候，珂爷当中一坐，欧洲议会一般地招呼着各类或熟悉或陌生的面孔。除非他强行加持和邀请，那张太师椅即使空下来，也从没人敢大大咧咧地坐上去。似乎一坐之下，不但是对主人的不敬，对其他的食客在心理上也是一种侵袭和伤害。即便有相熟的长者偶尔被珂爷按在那里就餐，就餐过程也显得十分不相协调，一旦再有空位，这人便会自觉迅速挪开，无论是谁。

如今的珂爷很少饮酒，在别人敬酒或大家共同干杯时，他会随意地举起一个杯子，象征性地表示下，然后讪讪地一笑，并没有太多的言语。

2 黄珂吃得不多，大多时候，都是在别人酒兴正酣时，他已悄然离席。一个人坐在沙发上，若无其事地抽着烟,时不时漫不经心地瞄一眼电视,仿佛在客厅一侧正进行的宴席跟他已没有任何关系。

从下午五点到晚上九点半的这段时间,黄府会不断地有人来来去去。为了避免多次开关房门的麻烦,这个光景的黄府大门几乎一直开着。进门的不需换鞋而入,出门的也无须掩门而去,甚至也无须和包括珂爷在内的任何人打招呼,自由来去。

黄门尚无女主人,唯一的一个女儿已经结婚生子另住。与他同住的只有一个保姆和一个家厨。因此,来此的门客大可不必会因有女主人的不便而产生心理压力。

他们在宴会结束后或三三两两地聚在一起聊天侃大山;或聚在一起斗斗地主;或者相见恨晚畅想大好前景的产业计划和项目,完全不用顾忌主人的感受。在这里,他们可以任性地挥霍着在餐厅、酒吧、茶馆乃至自己居家都不可能享受到的难得的自由。

那时,似乎这里的一切,已经和那个叫做黄珂的爷也没有了任何关系。

3 大多数情况,晚宴结束后,他也会行走于各屋之间,在不同的小道场之间介绍着相互还不熟识的食客。有可能还会从中撮合双方甚至多方的各类合作。有时,他也会参与其中,和来客们斗斗地主、聊聊项目的愿景和规划。

黄门宴中,每天都不乏各式样令人眼花缭乱的美女,当然此中也不乏心仪这幕场景从而想自发上位成为主宰这一场景的女主人的。此中当然也着实会有令珂爷心动的,但黄珂在这一问题上似乎有意无意地表现得相对木讷。

他好像也不是没有动过接纳女主人的心思。只是，潜意识里他还不能确定倘若真有女主人入住后，会不会从此打乱了黄门宴的正常流动。

他累了的时候，便会不动声色地走进内屋，关上门，兀自休息。

此时，外面食客的世界如何发展和他已经没有关系。同时，外面的人也无法知晓他回到房间以后的世界。那是属于他的独立空间，所有来者都心照不宣地不再去惊扰。

有时，当人群散去，他也会半躺在客厅的沙发上，抽着烟，下意识地不断咬着一次性的过滤烟嘴，陷入一时的沉思。

此时的屋外，望京新城的霓虹灯光还在闪烁，微风会断断续续地吹动窗帘。繁华散后，在烟头明明暗暗的火星里，没有人知道他那时的内心在思考着什么……

4 黄门从不拒绝食客，更不主观遴选。既不按姓氏笔画排序，也不按照官阶身价排座。达官贵人、业界明星、时尚达人、商界大佬、文化名流、绝代美女、落魄之人都一视同仁，身家亿万级者有之，清贫书生亦有之。

黄门没有贵宾接待间，也不特意设立贵宾席，更不会有菜品上的区分，凡是进来的，都迅速复原到一个自然人的本质。一待开席，大家自然就座，不分贵贱贫富，共享一席。

黄门宴不像大多宴席，有一定功利性的主题和目的。黄门的宴席从来不设主题，也无目的，只是吃饭和闲聊。来此的食客大可不必担心因为没有话说和没有显赫的身份履历而自觉尴尬妄自菲薄，甚或有内心的紧张和压迫。我想，这大概是黄门天天络绎不绝、车水马龙的根本动力。

当然，很多次，也有十分相熟的多年好友劝他要着重地筛选一下来客，把握一下食客的品质。他也只是习惯性地讪讪一笑，不置可否，流水任意。

5 黄门宴起始于珂爷家中早先日常的酒聚。

二十世纪的九十年代中后期，在海南的一场车祸中大难逃生的他在家休养，朋友们来看他，便在家中闲酒设宴。一带二，二而三，三生万物，四象生八卦地越聚越多，以至于形成惯例。

久而久之，渐成传奇！

数十年下来，粗略估算，来黄门问席的食客已经不下三十万人次，食客也遍及全球。在如今的京城各圈子，凡是有一点身份的，倘若提起黄门流水席尚不知晓的，几被人耻笑了去。

珂爷家的香烟酒水很多，也很杂，各类品牌，五颜六色，充分反映了这个社会人员的复杂构成和强大的流动性。南来北往的食客，凡来问席，出于礼节，都会象征性地给黄珂捎来一些烟酒。

珂爷喜抽烟，但不拘泥于品牌，酒水亦然。大多时候，在黄门宴上，都是在品尝各类不同的酒水。白的、啤的、红的、洋的，特意定制的，专门酿造的，不一而足。

黄门的菜也不似想象中的那般高端大气，有的相对还显得十分随意。若依照传说中的名气和自我设定的想象来吃黄

认真准备流水席

门宴，可能会在第一时间内造成心理上的部分落差。黄门的菜制多以家常的川渝菜为主，但在朴素中却透着多年的修为和力量。

吃着的时候，并不觉得惊艳，但吃过后的几天，便又不由自主地想念那些菜的味道。就像珂爷的性格，温绵中透着一股强烈的生命能量和良善的人文关怀。

晚宴后的九十点钟，黄门家厨通常还会煮一锅醪糟汤圆，暖胃而滋养。有时，吃着吃着，原本苦涩和生硬的内心就会自觉不自觉地软化了。

这不仅是珂爷的处世哲学，也是他对美食的基本价值观。

6

这一切，都起源于重庆，那个叫作山城的故乡。

黄珂，珂爷，重庆人也。

少年的黄珂在山城的江边长大，重庆的山给了他山城袍哥的豪爽，流动的江水又给予了他江水的温柔和江水流逝的人生感悟以及不舍细流的包容。

长江与嘉陵江交汇处的河岸，就是著名的朝天门码头。作为重庆最大的码头水岸，朝天门自古江面樯帆林立，舟楫穿梭，江边码头密布，人行如蚁，商业繁盛，门内更是街巷棋布，交通四达。

● 黄珂重归故里，抚摸朝天门码头的钢索，触摸少年的记忆

在黄珂少时，尽管朝天门早已被拆除和烧毁，但朝天门的码头文化和袍哥气质却并未消散，一代代地被传承延续下来。它在少年黄珂的内心播下了独特的码头文化基因的种子。在此后的很多年，这种基因种子一直主导着他的性格和人生，直至盛开京城。

二〇一五年的二月十一日，也就是农历旧年乙未春节的前夕，我们的镜头跟随着珂爷来到朝天门码头的水边。他默然地行走于码头的岸边，手握着冰凉而又亲切的钢索缆绳，似乎是在尽力去触摸那少年的码头记忆，越摸那份记忆似乎就越遥远。当他在水边掬起一捧长江水时，我们的镜头似乎清晰地捕捉到了他眼角的湿润——

这一刻，他黄门流水席的文化之根突然找到了灵魂的故乡。

7 回到故乡，进入他少年的食物环境，珂爷的胃突然变得快活和兴奋起来。

在重庆的那些天，他几乎不怎么去享受盛大而辉煌的宴席。一旦有空，他就会走街串巷，寻找街头的重庆小面馆、苍蝇小馆和街边地摊。每到一个地方，他都要品尝一番，吃得饶有兴致。

似乎只有在这样的地方才更能寻找到胃的故乡和依恋。

在珂爷看来，所谓美食，没有富贵与贫贱，就像人生来不该有身份的富贵与贫贱一样。富丽堂皇的美食也许只是坐

● 2015年返回重庆故里街头吃重庆小面

于台上，面对镜头的表演。那街头的小面、窗台下的泡菜、灶台之上烟熏的腊肉，总是以质朴的面容安抚和温暖着我们在异乡奔波的胃。那些最朴素的食物总是在瞬间点燃我们绵绵不尽的乡愁……

至此，我们才突然明白，那在京城黄门每天摆着的流水席，究其本质，恰恰是他在内心勾画的一个码头文化的具象图景，我们每天在他那里吃到的也是这一朴素美食理念的坚持和传承。也就是说，黄珂先生有意无意地将重庆的码头文化之根移植京城，从而形成了一个独特的流水道场。就像朝天门的人流一样，自由来，自行去。

多年以后，积淀在他心中的依然是这少年的江水和码头……

8 很多人都像我一样，很关心他的资金问题。

多年的摆宴，长期的流水席，皆为免费，不收分文，每年的开销至少都在百万，他何以支撑？

每次向他问及，他都轻轻躲开话题，似乎有一种"千金散尽还复来"的淡然。

但，显然，他又不是一个散淡的人。

有时，他也做事。不做归不做，一旦做起来，他都十分精细，分外上心。

在重庆的一次由他主办的活动中，我目睹了他的用心良苦。活动从开始到结束，他始终在场地的一边站立着，双眼紧盯着舞台中央的每一个变化，牵挂之心尽显。

那一刻，我能深深体会到他内心的责任和担心：他不想让任何事情出现偏差，就像他不想让如今的黄门宴出现不经意的偏离一样。

9 黄门宴上，尽管来来去去的人五花八门、三教九流，各色人等都有，但他尽力地呈现出一个都市江湖码头的原貌，从不愿在主观上将食客人为地分离出一个又一个河流派系。

珂爷好像从不评判谁，也不指责谁，更从不想教化谁。他就坐在流水席的一头，随便人来，随便人去。就像朝天门码头上的一处建筑，收留着每一个熟悉或陌生的面孔，任岁月流逝，门敞开依旧。

他没有评判，但并不代表他没有好恶，没有观点——

大抵，真正的智者，在看到你虚弱丑陋的一刹那，他并不说破，只是依旧温暖地笑着。其实，我们每个人，不管贫富贵贱，在内心都藏着一份虚弱和卑微。就像每一道食物都会有破绽一样，但你不能因为它的破绽就把它倒掉。我们需要做的就是一个个地吃下去，活下来，这才构成了绵绵不绝的生活。

长江浊，嘉陵清，交汇形成朝天门之后的浩荡长江。珂爷从容应对各色人等的心胸也自有长江造化的禀赋：聚天下之人，不分贵贱，不弃细流。但于其内心，也并不是糊涂的善恶不分，泾渭不明。

我们不是黄珂，我们每个人的内心和表情都会时不时地闪现出好恶。所以，关于黄门流水席的传说才只有一个。

10 二〇一八年之后，黄珂告别望京，移居京郊。
黄门流水席的道场也随之流动到京郊，虽宴随境迁，而流水席的世象人生一直还在流转……

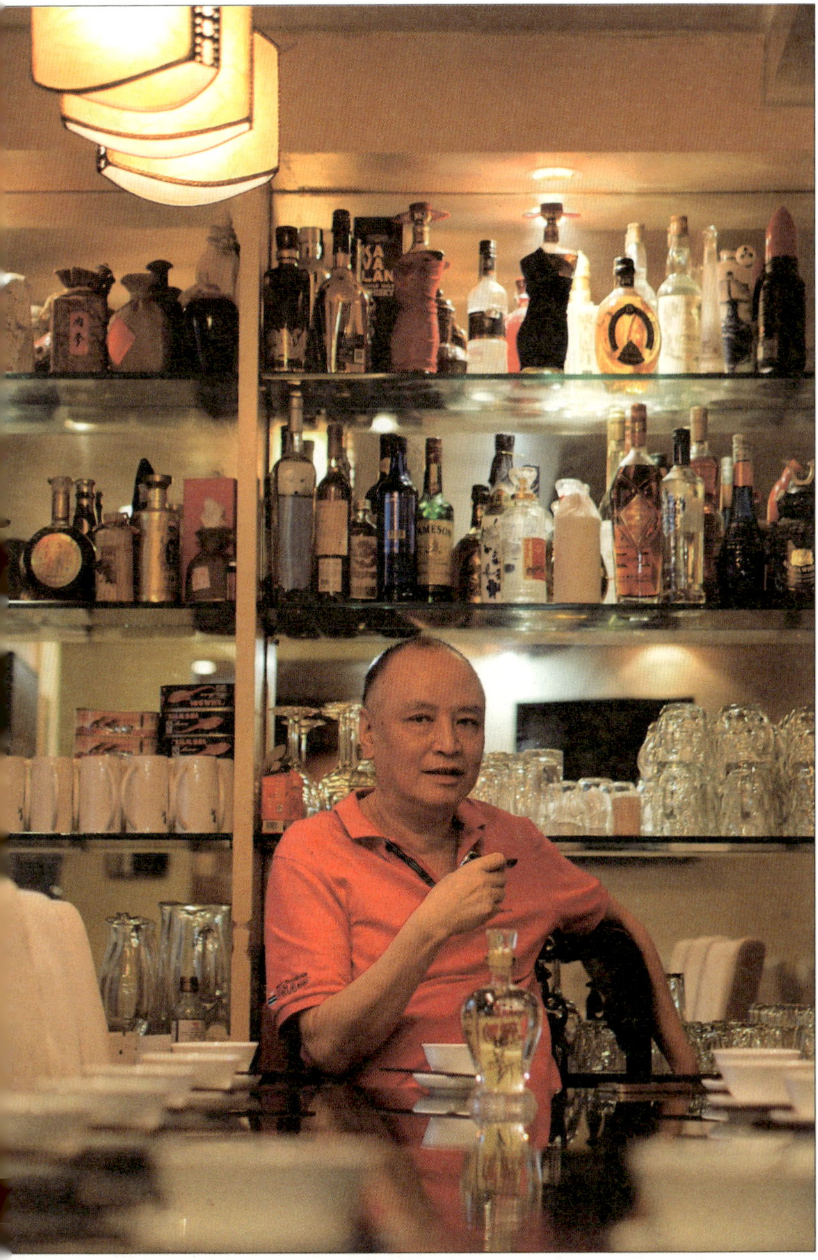

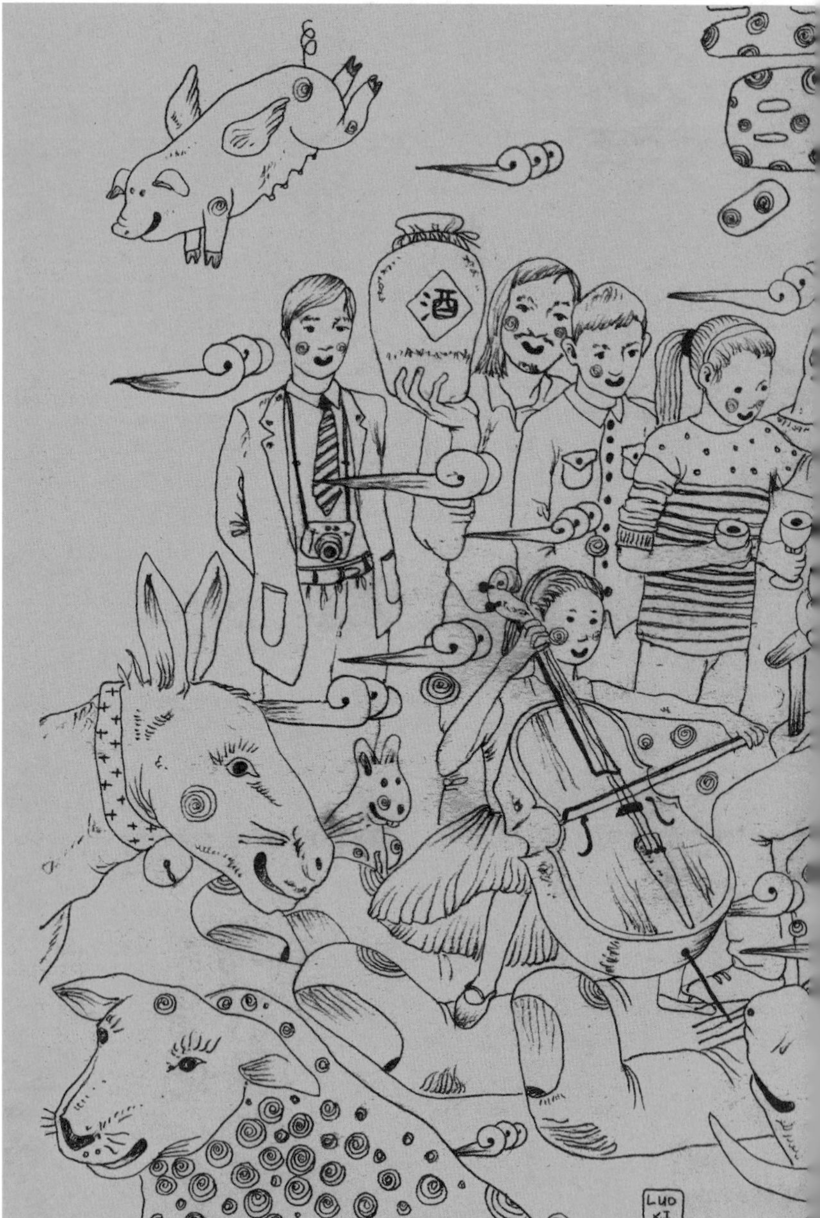
酒
LUO
KI

罗熹 绘

凡间的
庙宇

> 黄珂不会来逮你去喝酒，但会在他的酒桌边真诚地等你。好些年了，在我的醉眼蒙眬中，熟人、生客，红男绿女，来来去去，恍若一幕天然的人生戏剧。这里没有导演、没有编剧，只裁取了喝酒的场面，演员都是生活中的真人，活生生的、源源不断的人生流水席。
>
> ——李亚伟

张枣曾经对我说，文字很笨，根本无法追得上巨大细碎、时断时续、绵绵不绝的时光，甚至什么也追不上，"一根毛儿也捞不着，我清楚文字的极限"。我经历过如此多的人和事，有朋友说"你可是和三十多万人吃过饭的人啊，总比别人知道的东西要多得多吧"，我看也未必，这丝毫不代表我的时光和别人不一样，只是生活方式不一样，时光就是时光，对任何人都像流水一般毫不留情，把一切冲刷得一干二净。

再一点，人偷懒和遗忘的功能真的太强大了，足够多的遗忘才能让人稍微轻松一些地面对将来。也许张枣说的没错，只不过过于悲观了，文字这东西并非一无是处，否则我们还能靠什么留下记忆呢？

目前这个时代，人们已经丧失了用文字讲述的耐心，他们热爱速度，也终于实现了时光如箭的愿望，一切都快得没留下什么可以回味的东西。静与寂变成了稀罕物。好在我的性子终归是喜欢慢和静的，即使再喧闹也能够保持平静和安稳，这倒蛮符合文字本身的。

好多朋友说，你做了这么奇特的一件大事儿，也够轰轰烈烈的了，总得留下点什么吧，否则就是犯罪。在一切烟消云散之前，留下一些文字，以兹回忆，除此之外，还会有什么呢？于是，我只能试着尽量回忆，算是对朋友们有个交代，而对自己，遗忘就遗忘好了。

人们往往喜欢不可思议的东西，喜欢"奇迹"。如果有一个人三十年如一日，平均每天要和三十五个男男女女一起吃饭(其中很多都是朋友的朋友的朋友)，给他们提供足够的食物和酒，听他们谈天说地，经常还要面对他们酒后的狂言醉语，试问，天下有几个人能做到？而且这一切还都发生在北京，这算不算是一个奇迹呢？曾经有三个东北人打赌，专程坐飞机过来看流水席是不是真实存在，到了之后表示心服口服，其中一人叹息道，想不到这世上还真有白吃饭的地方。

黄友回答关于黄珂的六大疑问

问：客人去黄家吃饭真不用给钱吗？

答： 黄珂家的保姆兼厨师和采购员彭秀琼说："给么子个钱哟！随便吃，随便喝。吃好喝好抹嘴巴走人，喝多了，吃撑了，不想走，就不走，睡右边客房。"

问：天天这么办流水席，黄珂家没女主人反对吗？

答： 自一九九〇年后，黄珂就一人独处。女儿已经结婚生子，有了自己的家庭，周末节假日也会回家与父亲共享天伦。至于黄珂现在的感情状况，他身边从不缺美女，但无数次南北美女企图入主黄门成为黄嫂的努力都在黄友们根本不认的巨大暗示中一声叹息或哀鸣后遁迹江湖不再出现。

问：每月这么吃得花掉多少钱？

答： 黄珂自己不算这个细账，但每天买肉买鱼买菜相当于一个小型食堂。彭秀琼常常干活儿累得歇不过来，后来黄珂还给彭秀琼配了助理。

问：客人们难道不对白吃白喝有所"表示"吗？

答： 起初大伙强行帮黄珂定做过一个捐款箱。凡有食客自愿且自觉者，可以往里面随意投币，聊以减轻一点主人的负荷。箱子就放在门厅边，投不投币主人都看不见，大家皆无尴尬。放了些日子，箱子日渐沉重，黄珂的心也沉重起来。他怕别人说他敛财，坚决地撤掉了箱子，朋友的善意也就落空了。

问：黄门宴对食物如此大的消耗量，有没有食品厂提出

专门供应？

答：有一家啤酒厂看中了黄门宴，觉得这是个生意，是个做广告的好地方，就提出免费供应黄门宴，但是被黄珂拒绝了，因为他们是日本品牌的啤酒。

问：在黄家吃饭的都有些什么人？

答：跨国总裁、贩夫走卒都有，文化界的朋友最多。最神奇的是，某年，一个穿着打扮极为考究的青年，几乎每个夜晚都来吃喝，其人寡言少笑，待人却礼数极周，后来此人消失，有传言说青年竟是身负两条命案的逃亡者，已被执行死刑。人们深信，在赶赴黄泉之前，他至少是被黄珂感化了的人。

● 丰盛的菜肴已经摆好

说真的，我对弄出什么江湖奇迹来一向并没有多大兴趣，所谓的奇迹，也是人家这么看的。直到现在，岁月如斯，田园荒芜，但"流水席"依然故我，很多人觉得这是一件很不可思议的事儿。已经数不清有多少媒体上门，其中问的最多的问题就是，我是如何做到的，而每次我都会老老实实地回答道：小的时候就有了"请客吃饭"这个念头，有了条件后，就开始请朋友吃饭，顺其自然朋友逐渐越来越多，就成了这个样子。说到底，不就是饭桌上多几双筷子嘛，简单得不能再简单，这天地之间总还是能够摆一张请客的饭桌的。

一切都是顺性而为，于我而言，所谓的人生，不过就是保持舒服的姿势，尽可能不做违心事，否则宁可不做。人了不起的地方就是，能做顺自己心意的事情。

而要被人弄懂完全是另外一回事儿。有时我一个人看着堆积在屋子一角寄来的各种杂志，那里面的我大致被描述得千篇一律，变了形状，有时翻一翻也会脸红的。尤其是其中掺杂的我和记者之间的问答，一时间甚至不太相信那是出自我的口，我真的会那么呆板，那么一本正经？倒是文章中附着的黄门宴的菜谱还是货真价实的，连配料都很精确。其实我中意的方式就是随性而为，被摆到杂志里，就成了富态的、张扬的、无所事事的、专事娱乐的闲人，我还真的没有那么简单。很多时候我会认真地内省，也许不够深刻，但这么多形形色色的人还是会刺激我反观自己。当然，不可否认的是，我是一个彻底的体验主义者，好与坏，体验完了，等于一切就结束了，我等着下一场际遇的来临。

真不是开什么玩笑，我也不觉得在家里办流水席有什么辛苦，很久之前我就很少下厨了，有助手有厨师，我虽不是阔人，但一桌饭菜的钱还是拿得起的。说慈善也罢，说布施

陈丹青在黄珂家

黄珂与冯小刚

也好，那都是在抬举我，他们吃了我的酒，尽讲我的好话。

来我这里吃饭的人，有头有脸的成功人士很多，有不少银行高管、商界精英、政府官员、艺术名流，我总结过他们身上的特质，有一点是明白无误的，那就是为人要足够慷慨，通常自私和偏执的人活得都很艰难。也就是说，你首先要学会心甘情愿地付出，真心实意地去帮助别人。

万事万物都是在相助中完成的，一朵普普通通的花开都要很多助力，需要阳光、雨露和蜜蜂等等，尤其在现在的商业社会里，慷慨的施与比个人的斤斤计较要有效得多。发生在我身上的例子足以说明了一切，我从未向来的客人要求什么、索取什么，但自然而然的回馈就足以支持我把流水席开下去。

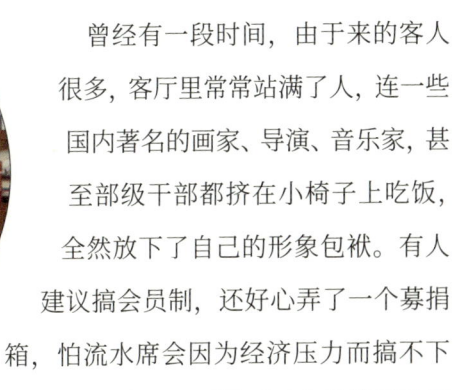

曾经有一段时间，由于来的客人很多，客厅里常常站满了人，连一些国内著名的画家、导演、音乐家，甚至部级干部都挤在小椅子上吃饭，全然放下了自己的形象包袱。有人建议搞会员制，还好心弄了一个募捐箱，怕流水席会因为经济压力而搞不下去，我都断然否定了。要做到干净的慷慨是不容易的，那时候流水席在北京城里略有名声，食客络绎不绝，有不少外地人也慕名而来。有时有困难的民工也会上门，厨师和服务的阿姨难免会抱怨，当时我也确实想到"管理"这件事，但我的内心告诉自己，既然当初开流水席初衷就是不设门槛、完全免费、一视同仁，不要因为遇到某些状况，就更改了规则，让来的人不舒服，有违我当初的心愿，无非是多买些菜多做些饭而已。

甘孜的甲登活佛曾说过我这里是凡间的庙宇，因为佛家讲布施，而且因布施自然生回应，布施出去的是财物，因果循环就会带来正向的回馈。真乃诚不我欺也！

● 与活佛合影

今天的象是在印景都复童年

我发现我身上有个特点，我是个很难回头的人，过去发生的事我不愿意反反复复，更多的是愿意看到现在和未

来，我就是这种心态。那天碰到一群四十来岁的小伙子，当然在我眼中是一群小兄弟，他们老是在回忆他们二十几岁做什么三十几岁做什么，然后感叹现在老了。我当即就批评他们说你们怎么也不及我五十来岁的人，怎么老是这种心态呢？大家坐到一起聊天，老是说以前那些话题？我的个性在这一点上是不大一样的，以前的事发生了就发生了，我不愿意回去慢慢琢磨慢慢仔细回想。当然回想是能想起很多事情，更多的是想往前走。

——黄珂答张枣问

黄珂外祖父黄凯公1939年于雅安

我母亲出生在成都，来自一个大户人家，外公曾经在民国做过当地成都女中的校长。一个男人在那个时代里，如果能够成为一个女子中学的校长，道德和品格都要求极高，必须是一个名副其实公认的绅士。基因对一个人可能是决定性的，你不可能无缘无故成为一个艺术家或是商人。我受益于这种基因，应该可以这样断定，我做出这种令人意外的事源于家庭基因和年少时受到的影响。

我外公曾经留下来一栋阔绰的宅子，就在成都八宝街上，后来改成了一个正规的剧场，再后来改成电影院了，你想有多宽大。在我懂事的时候，宅子大半已经被政府征用了，分给了四川省青年川剧团。它是一个独立完整的四合院，中间的过道很宽，成为小孩们的玩耍之所，那个时候我到了外公家的第一件事情就是在过道上练习骑自行车，车轮闪闪，铃声清脆，清风习习，无比惬意。

院子后面是一间排练房，还有一个专供演出的舞台。拉道具的大卡车开进开出，我就站在一旁看着他们卸车、布置舞台、演出，剧团里的好些演员都住在这里，我随时都能够看到他们，男男女女，在身边，在舞台上，尤其是那些妖娆漂亮的女子——演戏的女人是不一样的，这种记忆是难以忘怀的。

有时我会从舞台后面偷偷跑上去看她们排练，看她们练功，看她们彩排，看她们演出。川剧红红绿绿的，讲究的就是热闹欢乐。虚幻的舞台上，总是上演着一个与现实完全不同的世界。其实说到底，我的流水席就是在复制着一个非现实感的舞台。我并非厌烦现实，但我更喜欢生活中要或多或少掺杂一点点非现实感的东西。纯粹的物质主义是庸俗的，低劣不堪的，毫无美感的。

还算幸运，政府还留给了我们家一小半院子，有好几个姨妈都住在那里，院子里有一株葡萄藤，葡萄成熟后可以随时采摘。一到寒暑假，我就会往成都外公家跑，心里十分惦念着那种美好而恍惚的感觉。那个时候的成都还是一座小城市，晚上从重庆上车，到成都要坐整整一夜的火车，但是我即使在睡梦里也怀揣着几分迫不及待的喜悦。

一出火车站，满街都是骑自行车的人，车铃丁零丁零地响着，十分清脆悦耳，却一点也不嘈杂喧闹，街边都是法国梧桐。回想起来，一切都是那么干净美好，如梦似幻。人还真是很奇怪，过去一些单调的、缓慢的事情反倒充满了回忆的美感。

成都的生活要比重庆讲究些，尤其是日常生活，比如一只兔子，可以把兔头拿来卤，兔肉来拌成兔丁。用一斤猪肉

1967年黄珂与父母、大哥、小妹合影

做出来三四个菜，那都是稀松平常的事。我发现，四川人常常能把十分普通的事物搞出几多花样来，饮食就是最好的证明，他们有滋有味地寻找各种味觉的快乐，想方设法让艰难的日子尽可能地愉悦些，似乎比其他地区的人更懂得享受。

我十分眷恋舞台上的一切，舞台上的场景都是夸张的，神奇的，梦幻的，一时间会让你不知身在何处。艺术让我们避免庸俗乏味，儿时的影响深入骨髓，显而易见，我后来的生活也一直在追寻一种似梦似实的味道，别人看着很荒唐，但我固守这种东西。丢弃艺术感的生活不值一提，我向来不喜欢彻头彻尾的现实主义，那里面至少没什么乐子可寻。我请客吃饭，喜欢戏剧和艺术，每年都和黄友会的会员们搞一出话剧，资助贫穷的艺术家，都与小时候受到的影响有深刻

黄珂和父母、表哥

的关系，完全可以看作那个时候形成的心灵的一种投射。

我小时候出生成长的那个重庆的院子，同样也是一个大杂院。这个大杂院和外面普通的居民大杂院不一样，它是新中国成立前的重庆海关办事大厅，中间有一个很大的厅堂，属于大家公用之地。大厅铺的是水磨石的地板，这在我小时候是很稀罕的，我在那里学了滑旱冰。院子里住了不到十家人，基本是知识分子和机关干部，因此有着独特的文化氛围。

那时我家的人口比较少，父母加上我，还有一个哥哥，绝对的小户人家。而我家旁边的一户人家就非常不同寻常，男主人在新中国成立前也算是个大人物，在旧政府里供职，具体底细不详。新中国成立后，这个人还是留在了新政府的机关里，成为一名公务员。新中国成立前他娶了两房太太，而且都非常漂亮醒目，这个男人肯定是有来头的，否则他根本娶不起两房这么标致的太太，而且二太太还是一个唱戏的，也算是一个隐藏不露的风流人物。新中国成立后，新制定的婚姻法规定，以前不管你娶几个夫人，只要女人愿意，还是可以留下来继续生活在一起的。当然，如果有人要求离婚，婚姻法也是支持的。这个男人福气好，两个太太都死心塌地地跟着他继续过，于是他们如同往昔一般和谐地生活在一起。他们家比较拥挤，只比我家多一间房，但他们一家有十二口人，大太太生了七个孩子，二太太生了两个，其中七个是女儿，个个长得如花似玉，让人眼花缭乱的，直到现在我还记得起来，都是美得让人发愣惊叹的那种女子。这一家因为人多，最是热闹异常，经常在家门口摆着大桌子，一堆人围着吃饭，抬眼望去，甚是赏心悦目。

这和流水席有关吗？我渐渐发现，其实记忆中最清晰的事物往往也是对我影响至深的事物。

那时候父亲老是在忙碌，他是机关的小职员。那个年代的职员白天忙着工作，晚上还得加班学习，总之没有闲下来的时候。母亲在单位里面做会计，她是重庆大学毕业的，学的是会计学，在当时是非常了不起的高才生。

母亲人长得很出众，还是出了名的校花，她在家时间稍微多一点，与我相处的时间也长一点。她日常的生活一向比较讲究，即使受限于经济，也不失个人的品位，很显然受大家族的影响很深。她床头边永远摆着两种东西，一是总有几本书，大多是小说类的作品；再就是摆放几个精美的小罐头瓶，瓶里面老是装着各种各样的零食。

母亲总会想方设法地把生活搞得精致一点，比如做菜，味道尽量做得可口，样式必须精致好看。她身上的精神是家传的，也若隐若现地影响着我。她是一位天生的厨师，可以把一只鸡做成好几样菜，先是拿来炖汤，炖好了，先把鸡捞出来，往鸡汤里再放点儿别的东西继续炖煮；然后把煮好的鸡胸肉剔下来，撕成鸡丝；再把鸡骨架斩成块，放些葱段凉拌一下，就成了凉拌鸡。总之，她绝对不会允许一只鸡粗糙单调地上桌。其实，一个人生活的单调乏味缘于对生活没有热情。

几乎不用什么训练，我也继承她的这一点，做菜很有悟性，手到擒来，即使给我一棵白菜，我也能做出几种花样，手艺且不论。说起来，胃口这种东西，体现的是对人生的态度问题。

大杂院里的厨房都集中在一个大房间里，每家有一个煤球炉子。那时候邻里都相处得很好，完全是大家庭式的，其乐融融，谁家做点什么好吃的，都会邀大家尝一口。如果有一家做了红萝卜烧兔子这样的美味，一定会挨家挨户送一小碗。

真的是出于天性，我常常会在厨房看大人做菜，手便痒了，兴味十足，一半是出于馋，一半是出于做菜的兴趣。一

● 黄河做菜很有悟性，身旁带有黄河标识的自酿酱油就是佐证

样的饭菜，哪家做得好一点，我都能轻易地分辨出来，所以后来我做饭信手拈来，一点儿不觉得费劲儿，给流水席发明几道勾人的菜自然不在话下。没想到的是，流水席上的几道看家菜现在都成了几家连锁店的主角。

饭后大家就会不自觉地坐在门口的空地上纳凉，谈天说地，摆龙门阵，十分有趣。尤其是到了夏天，重庆炎热啊，有时一整夜人都在外面待着避暑。

我提到那户人家的几个闺女在我眼前接二连三地长大了，高中生、初中生、小学生依次排列，彼此年龄相差也就一两岁。她们因为容貌出众、才艺俱佳，都加入了学校的毛泽东思想宣传队，真的是天生文艺坯子，个个能歌善舞，自带风韵，说是天生尤物，有些不敬，但她们个个入心入眼，令人心驰神往，一点也不算夸张，其中还包括那个会唱青衣的妈妈。

他们家一直情趣盎然，个个热爱文艺，吃完饭出来后，就会有人唱一段样板戏或是革命歌曲什么的，当然还有令人目眩的舞蹈。其他人家也不甘寂寞，有人在练习拉小提琴，

● 每次回到重庆都要跟乡亲们一起打牌，延续着童年的记忆

偶尔还能听到黑胶木唱片传来动听的旋律。于是乎，少年时代耳畔总响着飘飘悠悠的音乐，眼前是妖娆美丽的女人身影，还有热闹可口的饭菜，美好得入骨，这些塑造了我欣欣然开流水席的心理雏形。

出了院子便是街道，旁边就是普通的居民大杂院，里面住的基本上都是所谓的劳动人民，有不少改锯的，甚至一家人都是干这个的。从金沙江上游林场砍伐的大木头，顺着江水漂流下来，他们把那些木头捞上来，锯好剖开后，堆在门口。还有些拉粪车的人，也算是重庆独有的。附近农村没有化肥，都得用粪。各家各户也没有抽水马桶，都是用痰盂。粪车是用木头打成大木桶架子车，小时候经常看到粪车飞奔而过，看到车上坡的时候，还上前伸手帮着推。再就是跑船的人，长江上的轮船很多。

就这样，一是在成都，二是在重庆，两处生活的场景，对我的心理影响是巨大的，我性格也差不多就是在那个时候定了形状。如果让一个心理学家来分析，童年发生的这一切对我今天个性的形成，包括成就今天的流水席，很容易找到答案。我喜欢家庭式的宴席，喜欢舞台和音乐，喜欢唱戏的女人，可以看成是一种怀旧回归的心结。

童年决定成年。

比如当时你在大院子里头突然看到一个场景，一下子就进入了你内心深处，这种东西终生难改，我小时候的心理模式就是在那段时间定了型。你可以想一想这样的触动：突然听到某个清亮悠远的声音像阳光一样舒服地在你的心里流淌而过；或者在早上起来的时候，突然看到一个水灵灵的女人，若有所思地轻飘飘地在你眼前晃过去。美丽的东西总是滋润心灵的，何况又是这么集中、频繁地出现。一个人处于似懂非懂的时刻，会变得出奇地敏感，出奇地多愁善感，我仿佛出没在一个现实感被稀释的舞台之中，只不过我是一个心动不已的旁观者。

我一直认为，美好的东西会改善人性。

而且我习惯了舞台似的生活，即使散场的时候也没有

● 2012年生日，大家群策群力，自导自演一部喜剧，演得像，演得欢，演得开心

● 2012年黄友会众才女舞姿优美

- 2012年生日黄珂在舞台

- 2013年生日话剧上，黄珂与众宾客挥洒尽兴

- 2013年生日会台上台下同欢

失落感，因为你知道明天又是新的开始，总是有无穷无尽的开始。生活就是这样，不可能一直处于戏台般热闹的情景当中，那样你会发疯的。足够的热闹，然后是足够的清净，那样最为舒服妥帖。每天晚上，客人走光了，就剩我一个人，连阿姨和厨师都不愿意在家里住，我就可以完完全全享受一个人的清静了，这种冷清，我小时候就明白了。不知看过多少场戏，风光结束之后，剩下的就是冷冷清清的舞台，一点儿流光余影皆无痕迹，打小我就习惯了，而且习惯得那么自然。

舞台总是要落幕，戏总是要散场，这也是生活中必然，没什么好悲观的。我就是一个彻底的生活体验者，尽可能地按照自己的想法去获得乐趣，不管是美食也好，不管是与人交往也罢，包括文学、诗歌、舞蹈、音乐，凡是能够给我带来美好快乐的东西，尽可能地接触，尽可能地尝试，才算不辜负生命。

影响都是下意识的，所以黄友会每年都要自己组织排练话剧，一般选在我的生日，那代表着我对生命中最珍贵的东西的纪念。有时也会举办音乐会，反正总要弄出一台热热闹闹的演出，那全是小时候的经历打的底子。

● 2014年黄珂生日剧场

● 2015年生日，黄珂在台下专注看川剧大戏

● 2015年黄珂生日参演话剧的全体人员

其实对女人也如此。我还记得王朔讲过,他在部队时看到那些女兵,刚洗完澡,抱个脸盆,从洗衣房出来,湿漉漉地冒着热气,在他眼里简直是世界上最完美无缺的女人,以致后来他找女人的标准都是那个时候确定的。

我觉得,天地是充满善意的,对万物无时无刻不提供充足的生机。很幸运,我的少年时代生活在一个善意而富有美感的环境里。所以我自然而然就成了乐观主义者。乐观主义者很愿意把自己生活的每一个细节、每一个步骤尽可能转化为美好,这是一种可贵的能力,同时又喜欢与人分享美好。人生于世,不知回馈是不道德的。而且,我讨厌一个人困惑痛苦之时,喋喋不休向别人倾诉和抱怨。没有人有义务接受你恶劣的情绪,我想自己一生都不会这样做,那些都是一个人理应独自承担的事情,你得为自己所作所为的报应负全责。而把糟糕的情绪传递给别人是极不礼貌的,人在一起就是要学着分享美好和喜悦。

每个时代有每个时代特别的东西,也许现在的人会感到落后、缓慢、平淡、不足为奇,但每次我打开记忆之门,那里依然闪亮如新,不可剥夺,我依然会回到某个场景之中,静静地欣赏着,叹息着。

其实,在流水席上我是一个清醒的旁观者。当然二十世纪九十年代某个时期,我迷醉过一段时间,不但酒醉,也心醉,人影错落,高朋满座,也如同是一个戏台,每天都是不用任何彩排的一出出戏。随着时过境迁,年纪渐长,清醒占了上风。有些人生的状态此时有,彼时无,都不必刻意。

人最难逃脱的就是自己

我觉得还是跟我的天性有关。重庆处在大山大江之中,我从小住在江边,爬坡上坎,江水日夜奔腾向前,让我觉得人生就是这样不停地往前走。大山大江使重庆人有那种豪爽、大气、大度的性格。但重庆人身上的豪爽和北方人的豪爽不一样,重庆人身上也有一种像水一样很细腻、很仔细的东西,比如重庆男人基本都能下厨房做一两手好菜,北方大老爷们就不行。北京人也是很大气很豪爽的,但没有哪个像我这样开门待客,所以他们说:"你把我们北京人灭了!"

——黄珂

黄河与家人

一个人的所思所行,都是骨子里带出的东西,逃不了,也骗不了人的。比如说我的家族、血脉、传统,都会往下传递,一点点渗透,再潜移默化地通过我向下延伸。

有一年,我回到四川内江的老家,家里的亲戚带我去拜祭祖坟。当时的场面把我惊呆了,一个方圆好几平方公里的坟场,壮观得不可思议。整个大家族中的人,都安葬在里面,其间还建了不少牌坊。后来我还专门查了家族的族谱,没想到现在还保留得非常完整。从明代开始,我们祖上就有人在朝廷做官做到监察部部长,到了清代,有人也做过省部级的官员,在当地非常有名望。因为曾经盗墓特别严重,家族后人出钱出粮,雇人看守这片坟场,因此家族墓群至今还算保存完好。之所以说这个,是想说明我的身上带着家族的基因烙印,这个大家族读书人很多。有

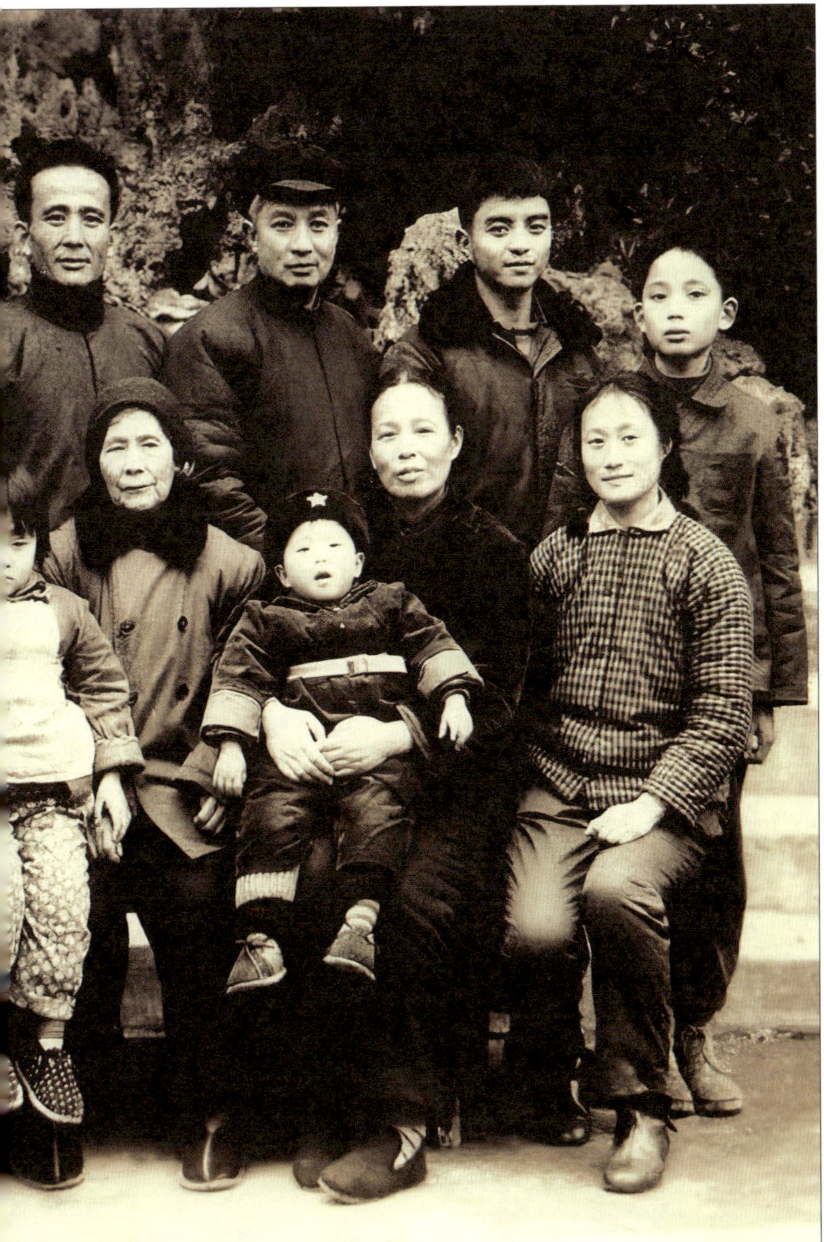

人说我身上带有某种贵族气质，这一点我承认，那种气质是祖上积累来的，至少三代以上才能形成。如果你认真探究一下周围人的身世，你会越发肯定这一点的。

在我的印象之中，父亲是一个通情达理的谦谦君子，读过大学，算是一个知识分子；同时在生活中也懂得容忍，懂得谦让，是个比较温和的人。从小我就感受到父亲身上所隐含的大家族的明显印迹，相比而言，普通人身上就很少能见识到。那些素质和修养隐性地传承下来，只是大家很少从这个角度深究而已，其实，研究一个人的家族史，很容易认清一个人的面目。平时我比较喜欢看人物传记。西方式的记述有个传统，他们往往谈一个人，不是从他本人谈起，而是向上追溯，讲清其中的来龙去脉，这是最起码的。而我们现在说一个人，往往只盯着他目前取得了什么成就，很容易忘记过去。

家族基因，从生物学上来说，是生物结构的延续，另外还有隐性的基因，即传统基因，这种东西难以言传，就像我对女儿的观察。我离婚时，那个时候也就三十来岁，女儿从小就跟了我一起生活。随着她的成长，她的身上显现出这种基因——很多来自祖上的品质都在她的身上逐渐浮现出来，比如宽容和隐忍。这让我很欣慰，因此我更加坚定不移地相

● 黄珂兄弟与叔叔

信，我其实已经在无形之中，把家族一些难得的优良品德传承下去。人年纪越大越会意识到这一点。

我对人生看得那么开，并不像媒体一直说的那样，受一九九三年那次车祸的刺激，顿悟了人生无常的道理云云。人不会一下子就深刻起来的，再大的刺激也不会让一个人心性大变。那应该是一个相当漫长的心理转化过程，而且当你明白的时刻你自然就明白了，这来自一个人本身的悟性，一辈子没什么领悟，浑浑噩噩混下去的人比比皆是。当然，媒体喜欢突然事件，喜欢意外事件，这会让一切看得那么有情节感，有戏剧感，其实说到底，人生绝大多数时间没什么戏剧性可言，更多的是重复，这种习以为常的重复构成了我们生活的基本。虽然我不否认流水席酒桌上有不少戏剧性的场景，但我个人生活没什么特别的戏剧性，也就没什么值

与表弟黄果

得炫耀的。

关于家族，我想多说两句。我的老友周伟思和我曾经深入探讨过这件事，因为我们都算是大家族出身，所以看法也基本一致。

周伟思的个人经历异常丰富。他刚上初中"文革"就开始了，十七岁下乡当知青，在南方又转北方的村庄，一共干了五年农活，耕田、挑担、撑船、插秧、割麦全都干过。后来到机械厂干了三年半车工，一九七八年考上大学中文系。他毕业后在河北当记者，后来又调到海口，创办市委机关报，做新闻部主任等。九二年下海给别人当房地产公司老总。九四年到北京，加入中诚信公司，当《中国证券评估》杂志的总编辑等。时间不长，他又被朋友邀请去主持一家影视制作公司。此公司曾制作过《宰相刘罗锅》《东边日出西边雨》《过

把瘾》《李卫当官》等二十余部电视剧。他还是第五十九届夏纳电影节获奖影片《江城夏日》的制片人。

他祖籍是江汉平原上的天门市干驿镇，是当地一个周姓的大家族。碰巧，作家郑世平的母亲也是从那个小镇走出来的，是那里刘姓大家族中的一员。郑世平一直对民间史料的搜集整理很重视。他对周伟思的一些先辈较为了解，认为其读书世家很有典型意义，几次建议周将家族史写出来，但周伟思并没有放在心上。有一次喝酒，郑对周很严肃地说，无数个家史加起来就是这个国家的历史。你可以对你的家族不负责任，但你不能对国家不负责任！当时有几名北京的学者教授也在座，大家都附和郑的看法，一起撺掇他说，不写下来确实太可惜了，云云。

周伟思终于下了决心。他先驱车回祖籍地找到了族谱，又四处拜亲访友打听，去父母旧居翻箱倒柜寻找残本旧照……尔后去相关图书馆、档案馆和网络上搜寻资料。

很快，就有了许多有意思的发现。

从族谱上看，从周伟思这一辈上溯五代，六辈人居然全部是清一色的读书人。第一代是清朝的国学生，第二代是附贡生，第三代是和鲁迅同期同校的留日学生。第四代到了民国时期，学的法律专科。第五代即周伟思的父亲，毕业于北大中文系，然后就是他本人了。

周伟思总是自嘲说，几代书生都作为不大，没大学问，当教授学者的没什么名气，也没人当大官——直系里边最多就是个厅局级吧。他曾祖父的叔叔周树模倒算是个人物。其于清末民初的风云际会中始终选择了正确方向：随五大臣访欧、为光绪起草"立宪疏"、坚持与俄据理力争将满洲里拉回版图、任黑龙江巡抚时坚持改良新政……民国后，反对复辟，两次出任平政院院长及高等文官惩戒委员会委员长……

从清朝到现在，他们六代人虽然经历得不一样，但他们的求学经历和从事的职业大同小异，而且在社会地位、经济状况和个人作为上也相差不大。他们家族受儒家思想影响较大，性格禀赋上都循规蹈矩谨小慎微，大部分人都属于中下级的文职人员，也就相当于现在的公务员或事业单位的人。

这说明一个家族基因保存的完整性和顽固性，包括他们的性格特征、处事方式基本上都是一脉相承。六代人中唯一的叛逆者就是他了。因为当过农民也当过工人，他的江湖习气比较重，爱交朋友，爱管闲事，爱打抱不平，爱伸手帮人……当然，他后来又意外地上了大学。所以，我一直开玩笑说周伟思是"基因变异者"，而他的前辈们都是较正统的读书人，独善其身，不招事惹事，谁是领导就听谁的。他的弟弟妹妹也是从校门到校门，所以，还是基本上继承了家族的传统，继续遵循着基因的走向。

我的家庭和周伟思家庭有些类似，而我们两个人的个人经历也非常接近。从青少年开始就脱离了正常发展的轨道，"文革"中的街头少年、田野上的赤脚新农民、二十几岁才上大学、下海做生意、结交社会上各路神仙、乐于助人、爱打抱不平、喜欢美色美食、喜欢悠闲自在、逃避各种从政的机会……

正因为这些，我们俩非常投缘。从结识到现在，一直无话不谈，相交默契。

爱生活,也爱它的甜

偶尔想想那个被称作心脏的城市，衣香鬓影高衙冠盖充斥的长街，恍同失血的脉管日渐枯瘦。而在我次第遗忘的温暖风景中，似乎只有望京的黄门，还能不断从时光深处浮现出来，荡漾着魏晋风度般的余韵。想起那些酒狂任性的岁月，于今日之慵懒里，依旧犹能搅起几许引刀江湖的豪兴。翻检一点黄门中存储的故事，述与来者，也许便是当代的世说新语。或能见证残唐晚明的狂欢，亦可聊尽心底的一杯余沥。

——老野

十几年前，有一家电视台的主管，也是座上的常客，正在搞纪录片，正当一桌人酒酣耳热之时，拍着桌，兴致勃勃提出一个想法，就是要在我的客厅里安装上几个摄像头，这样就能毫无遗漏地记录下流水席上的每个真实的瞬间。当时他信心十足地对我说，老黄，你搞"流水席"也快二十年了，我只要连续不断地录上两年，肯定能弄出一部十分震撼的纪录片来。当时随声附和的人很多，大家都觉得这个地方所发生的事应该被记录下来，而不是风轻云淡地任其消逝无迹，否则太可惜了。

其实，围绕"流水席"做文章的事不少，甚至几十集的剧本都弄出来了——我还记得那家公司老板当时很热切地说，这里是中国社会一个神奇的缩影，这不只是你的宴席，而是所有人的宴席。但后来那家公司很意外地出了些变故，计划就此搁置，剧本至今还冷冰冰地沉睡在我的电脑里；还有人打算弄个"民间会客厅"，准备固定搞一些主题，邀请各界名人在这里侃侃大山，讲吃喝，谈新闻；还有画展、饭店、话剧……这里曾经产生过数不清的奇思妙想和伟大的野心。酒和食物的确能让人产生美好的梦幻，再加上二十世纪九十年代大家的脑子都有点热，有点亢奋。

我对他讲，这么做我会不安的，我不喜欢，相信来这儿的朋友们也不喜欢，这个空间必须是放松干净的，一想着脑袋上的摄像头对着自己，就立刻让人感到不自在。不过，我可以给你一个非常好的线索，我这个地方还算不上稀奇，我向你介绍一个人，他手里的素材虽然不能做成纪录片，但大约可以为你提供无数的灵感。

这算是一个引头，说到这儿，得从一个有趣的故事讲起。

记不清哪年哪月，某一天，一个朋友带来了一个高大的东北人入席，这也成了我这里的惯例了：朋友带着他的某某朋友来，如果聊得合拍了，还愿意再来，于是就会理所当然地成为我的朋友。

这个人长得十分精干，四十多岁，是个天生的商人，眼睛透亮，一副生气勃勃的模样。如果你看人多了，就会发现，所谓有成就的人身上都有那么一股精气神。他原来是做房地产的，赚了一些钱。他很早就对互联网技术痴迷，有着自己独到的眼光，遂开办了一家电梯安全监控工程公司。他的团队专门为电梯开发出一套软件，可以有效地监控电梯的安全，除了视频监控之外，还可以对电梯本身的运行，包括电缆、电机等等安全系数随时监控，应该说，电梯运行的每个环节都在他们的掌握之中。

说起电梯这种东西，想必每个人都天天遇到，从咔咔作响的老式电梯到快速如飞的新式电梯，可以算得上城市中必不可少的上下攀爬的道路。如果某一天一座城市中的所有电梯都停下来，那将是一个什么景象呢？

这位朋友有过突然被关在电梯里惶恐不安的经历，才产生把电梯安全做成生意的念头，否则他不会天天念兹在兹地反复琢磨，直到搞出那套东西来。

他说服客户免费给电梯装配上他的监控设备，一旦出现情况可以随时报警，对方当然也是欣然接受。至于获利的方式也很简单,就是允许他在电梯里面放置广告牌,类似分众传媒的做法,他则通过收取广告费赢利,并且一直做得相当出色。

有一天,他喝得有点多了,一向沉默寡言的他也变得兴奋起来,眼睛发亮地对我说,老黄,你不知道,我现在已经安装了几万部电梯的监控设备。你想想看,每一部电梯都安装了我们的内部监控,也就是说,如果我愿意,每天都能看到几万部电梯上上下下、关关合合期间所发生的种种情景。我可以告诉你,在这个封闭有些私密性的空间里,基本所有人类的活动,都可以在电梯里面完成,那是你无法想象到的,比如深夜相扶的醉汉,撕打成一团的夫妻,被骚扰的少女,蒙面隐匿的窃贼,高唱着怪异的歌的快递员,愤怒不停砸键盘的大妈,莫名悲伤掩面而泣的女人,离家出走的少年,疯狂做爱的男女……更离奇的还有的是呢。

因为当时酒席上人很多,还有一些女孩,于是他把那些可能过于肮脏或者令人不快的情景压住不说了,只是意味深长地感叹了一声:人啊,只有你想象不到的,没有他们做不出来的事。有谁会关心那个呢?而对他来说,不过是一桩很有前途的生意罢了。

总之,人在某一个特殊的空间的表现真的让人意想不到。当时这个朋友就是这样说的。

这位朋友和我已经很多年没有联系过了,之所以提到他,是因为来这里的很多人都会有意无意间敞开某一个不为人知的空间,而我这个人基本不轻易离开家,我所感知的这个世界很多都是来自形形色色的朋友们的讲述。

在此，我得特别声明一下，我对很多发生在流水席上的事，以及某一个人某一时刻说过的话难以非常确切地复原，或许还可能会出现错乱的记忆，这都是在所难免的，我相信阅读这本书的朋友们不会怪罪我。

我觉得有时候自己就正如那位监控电梯的朋友一样，也是一个旁观者，人和事见多了，遗忘的也多了，我一直喜欢活在当下的现实之中。正如小时候在重庆观江，流动的水，没有痕迹，只有川流不息。从骨子里来讲，我是一个看不清也不愿深究过去的人。

有一次，我与诗人张枣去市场买菜。那个时候，我们经常一起到菜市场逛一逛，他对做菜一直非常有热情。回家的路上他问我：你怎么没兴趣写点啥子东西呢？你要写出来，要不可惜了。它（指流水席）的特殊性值得记录下来。

我半开玩笑地说：文字都是过去的事嘛，这种事我搞不来的，很累人的。你不就是搞文字搞得人都不对头了吗？

他嘿嘿地笑着，像是试探地问：你的意思，你活的就是现在？

这句话很诗人，一大堆诗人总是想抓住什么，抓不好，就会变成死板的符号。李亚伟当然是例外，他天上地上乱跑，符号抓不住他，他反而能嬉皮笑脸地抓住符号当俘虏。而我觉得，张枣太优雅太规矩了，哲学本来就是找不到路的，何况语言，而且他太卖力了，结果人成了一切的俘虏，包括现实的俘虏。而且他用死成就了生活对他彻底的剥夺。北岛曾经说："写诗写久了，和语言的关系会相当紧张，就像琴弦越

拧越紧，一断，诗人就疯了。"但是，我打心眼里喜欢张枣，爱他的诗。比如：

向深秋再走几日
我就会接近她震悚的背影
她开口说江南如一棵树
我眼前的景色便开始结果

那真是让人受不了的东西，相当于我曾经有过某些刹那幻觉。生活真有不少甜的东西嘛。

记得我当时回答说：我也没觉得抓住什么，就是都随着本能乱跑瞎撞。我们还是做菜嘛，你今天炒肝尖哦。

张枣轻松地笑着。他写过要"我梦见甜，可口可乐的那种甜"，那时候的酒席还真是有一股甜味的。黄昏时，我能听得见他急匆匆赶来的脚步声,还有一些相熟的朋友,只要大家一落座,我心的某一处就安静自在了。是他所说的"梅花落下"的声音吗?

到底张枣还是为我编了一本书《黄珂》,其中大段的是我和他漫不经心的对话,算是留下了一些纪念的东西,对他对我都一样。

回过头来说,文字对我而言,实在是难以忍受的考验,不是我愿意生活的方式,我宁可用来换酒换醉。二十多岁时,我也有过文字野心,看过一大堆的书,星星点点地想着能写点东西,就像我试图重拉大提琴一样,最后都无疾而终,如

拿起书本,听梅花落下的声音

今那把琴还闲放在屋里，一声不吭。原因在于我对什么都没有深入骨髓的爱好，如果还要花大量的时间进行枯燥的自我训练，我是做不来的。

诗人美食家二毛说我办流水席上瘾，是被那种气氛给迷住了，一个人吃饭恐怕难以下咽。其实我请客吃饭从一九九三年到今天，一切都是自然而然地发生的，如果被它给绑架了，我早就会烦了。因为我的天性很随意，不喜欢受什么束缚。

不过，假如我的本性在某一天夜里拽着我的手说，你真正该写点什么了，我也会不推辞。

这也是写这本书的缘由，大概我也想要尝尝文字中稀薄的甜味。

很多来过流水席的人问过我是不是信佛，音乐剧演员影子曾经说我长得像她在乐山见到的大佛，总是漫不经意地笑哈哈的，恒久不变。影子真的是个锐利到底的女人，从漂亮到聪明没有过渡，关于她也有很多趣事。

很多人说我若无佛心，怎么会三十年来让人白吃白喝，根本不问来处。曾经有朋友劝我，说这里又不是慈善机构，人得分分类，来混吃混喝的人不在少数，连做饭的阿姨都看不下眼了，但我个人丝毫没有感到有什

么受不了的。

佛是什么，我真不敢乱讲。我曾经在酒席上接触过不少精研佛法的高僧，也听他们讲"业力""因果"什么的，我对佛法有天然的亲近感，这是真的，不过我还是老老实实地按自己的本性生活。有一次，甲登活佛开玩笑说，你可能是活佛转世吧。在藏区，有的活佛到四五十岁才被辨认出来。还有一个活佛一口咬定我真的就是活佛转世，当时我还开玩笑说，行啊，等我六十岁以后，做不下去了，你们哪天来把我领回庙里去，我算是真正地回家了。是啊，出家人的庙宇就是他的家。

不管怎么说，我很少面带愁容，大概是天生的福分所致。我理解的笑，那真的是有着极高悟性的人才能做到的，连智慧也望尘莫及，愁的人不但心性不够，胃口也一定不会好的。说是福分，一点也不差，我凭空多了一点点应付现实的乐观，而乐观就是能尝到甜味的舌头。

一些朋友文章里写我"长着一脸佛相"，总是能气定神闲地坐在众人中间，长时间地举止自若，可见修为如何如何了得，如何通透无碍，对任何人都平等相待，如此等等。那是在吹捧我，千万不要当真。

我所见过的佛像，大多都带着放松的状态，总是含蓄高深或者毫无顾忌地笑着，身上带着难以窥见实质的散淡感。其实笑中是空是寂，不信你仔细品品看。生活中的那一点甜头能永久地终止苦难吗？谁没有内心空荡荡时的叹息声呢？

有时我私下里翻翻过去的照片，心里会傻笑一下。画家马刚画了一系列"流水席"上的众人相，都堆在他的仓库里，铺满了灰，他说我酒后失态最有画面感，只是"老黄年纪一大，就不怎么好玩了"。

时间虽然是一层又一层灰，但年纪再大，一样会尝到鲜亮的甜味。

至于有人说我长年开"流水席"是"善人之举"，一下子把我说高深了，似乎让我沾上了仙气。对不起，我也会恼怒，也会沮丧，也会恐惧，也会因为衰老而气短，因儿女私情而神伤。其实在生命面前，大家都平起平坐，不分贵贱，每个人自有自己的修行功课，一丝一毫也逃脱不了，我也不会腾云驾雾，离地三尺，只是我比一般人更放松一点。

曾经席上一个僧人给我讲过的佛教故事，也是佛陀讲的一个故事，我现在多少理解了一点，有时心里会把它作为一道甜品：

很久以前，有个猎人在旷野中被一头发狂的大象追逐，猎人惊慌失措地逃命，看到不远处有一口枯井，井边有一棵大树，垂着长长的树根，于是奔向井边，抓住树根就往井里跳，躲过了大象的追逐。

没想到的是，悬在井中的猎人发现自己处境更危险。原来有两只一黑一白的老鼠，正在啃着树根，树根随时都可能断裂；而井边四周又有四条毒蛇，不时地向他吐信，随时准备攻击；不但如此，井底还盘着一条毒龙，正等着他跌落。

猎人为了活命，紧抓着树根不放，没想到树根上的蜂窝

因晃动而流出五滴蜂蜜,滴在猎人嘴边。猎人舔着蜜,贪恋着蜂蜜的甘美,忘记了自己的处境,于是用力摇晃树根,希望吃到更多的蜂蜜。这时,受到惊吓的群蜂倾巢而出,飞来叮螫猎人。不但如此,辽阔的草原突然起火,火势一发不可收拾,正向这棵树蔓延……

毫无疑问,我也是甜的贪恋者,所做的也只是此生的美好。如果哪一天,流水席上一片空寂,我也会安心吃着一个人的饭,做着其他的事儿,继续与时光相安无事地活着。

进出那道门,我和所有的人都可以成为朋友,也可以转眼间互为陌路,落花流水,任由来去。

黄河收集的各种藏品,随性收纳,拿出来往往成为大家争论的话题

在味蕾中找回自己

如今黄珂迈过中年,这道菜也愈发醇厚,有了中年况味。青春是凉拌,青年是爆炒,中年的火候则是煨炖,煨炖犹如偎依,你侬我侬,搭伙过日子,激情退去,不再时刻勃起,更懂得时间的妙处,是暮春晚开的迟樱花,有点孤单,却毫不在意,兀自怒放。

整块牛腩下锅焯水,加各种调料煮透,切成小块;四川的菜籽油炒糖色,炒豆瓣酱,加入泡椒泡姜泡萝卜,可谓南北夹攻,老少同席。同样是炖,北方擅长加入香料,南方擅长加入豆瓣酱,黄珂贯通南北,两者都加。豆瓣酱是川菜之魂，讲究陈年老到，穿越时空，而各种泡菜再浑厚，也有青春的羞涩感，轻佻而惹味。汤料也有讲究，不用白水，而用棒骨熬成的汤，在自家的厨房里精心炖煮，成就一锅好菜。

——小宽《汁吃诗》

中国烹饪协会副会长边疆跟我比较熟悉，人也亲切随和，我们来往一向比较紧密，相互之间经常交流对餐饮美食的看法。有一天，他给我打来电话，口气有些神秘地说："今天我可是约了餐饮界的几个国宝级人物哦，他们听了你的事后非常有兴趣，说是一定见见你本人，尝尝你家的饭菜。"

一听国宝级人物，我当时还是吃了一惊，若非圈内顶级大师，焉敢称国宝级人物？我就问他国宝们的级别到什么程度。边疆严肃地说，这些人都是特级以上的大厨，每个人都相当有身份，算是餐饮界最高地位了，要么是北京饭店的总厨，要么是贵宾楼的总厨，还有人民大会堂的总厨，都是餐饮协会中的国宝,也是真正的国宝。以前他们听我叨咕过你,都想着见识见识你这个民间美食家的菜,就这么七八个总厨我好容易给聚到一起,你也别紧张,就按平常的做法做就行了,又不是上门打擂比厨艺。

虽然心里有几分忐忑,我还是一口应允说,自家做饭,也就不怕露丑。没问题,让他们尽管来好了!

话虽如此,我还是想了想怎么接待他们。你想啊,这些人一天到晚,山珍海味,各种各样的菜肴,什么样没见识过,想要打动他们谈何容易。我一定要做一道他们从没吃过的东西,好好镇一镇他们。

那天的主菜我琢磨了很久,把能想到的菜在脑袋里翻了个遍,最后决定模仿重庆有家名叫"老四川"的老店曾经做的一道菜。我小时候经常到那家餐馆吃饭,店面比较破旧,可菜做得相当地道,至今印象非常深刻,能记在心里的菜是不会差的。四川人做菜是有灵性的,所谓的灵性都是来自热爱,而热爱生活的第一个硬指标就是——会做菜。

这家店有一道汤菜,名叫清炖牛肉汤,听起来非常平淡无奇。可我走南闯北,除了这家餐馆,我在其他地方再也吃不到这个味儿。做菜的诀窍就是,一整块牛肉,当然必须是牛腩,一定不能是其他部位的牛肉。从头一天晚上开始炖,一直炖到第二天。炖好以后,再切成小块,加上萝卜片再煮,汤味相当入口。因为这道菜,我还专门向那家店的厨师讨教过。厨师是个女人,手艺是家传的,我就是跟着她学会了这道菜。流水席上的很多菜,其实都是我在民间饭店里学来的,也是合我胃口的菜，质朴，有一些粗糙感，却是我认为的至味，稍加改造便非同凡响。

那天晚上，主菜就用那道汤菜。不过，我还是把它多少加工了一番，不然怎么会有我自己的味道呢？首先我放弃了萝卜，萝卜毕竟还是有点本身的辛辣味。我改用青笋炖，头天晚上大块的肉炖好，炖的时候，加上自己配的调料。炖好了以后，按那家店的手法切成了块。

第二天，那些名厨到了后，我再加上青笋，跟回锅的牛肉一块儿炖。炖好了以后，端上来。其中的调料也比较特别，用的是四川的胡豆瓣酱，而不是郫县的豆瓣酱，剁碎之后，回锅再用菜籽油炒酥炒香，最后加点香菜末儿。

菜做好了，我当时想，他们再牛气，毕竟这道菜是来自民间的平常小店，而且还是传家的菜，想必他们从没尝过。当然，席上还另外搭配了一些其他家常菜，都是很普通的家常菜，比如亲手做的泡菜、自己炒的回锅肉等等。

没想到，效果出奇地好。菜一上桌，那几个"国宝"很快吃得手舞足蹈，不亦乐乎，也因此喝了不少酒。尤其这道汤菜显了神威，他们的确从来没有吃到过这样的菜。像他们这些阅历丰富的人，一品一尝就明白味儿了，不用多说。那天晚上，每个人都很尽兴，彼此聊了很多东西。他们中的每个人的确身手不凡，各有各的拿手绝活儿，我向他们讨教了不少做菜的学问，其中的学问的确深不可测。

最后饭毕，其中一个"国宝"站起来总结性发言说，如果用五个字总结那天晚上的宴席，就是"美味在民间"，不虚此行。能够让国宝们心悦诚服,至今我心中还是有几分得意,因为他们的称赞是真诚的。

还有一次,作家徐星——就是早年因为《无主题变奏》出名的那位作家,说他熟悉一位意大利姑娘,在中国待了几年,能说一口流利的中文,而且意面做得特别好,听了我的事,她想上门给大家做一顿意大利面条吃。我立刻爽快地答应了。

黄门特制餐具

事实上,我特别愿意厨艺不错的人时不时在这里露上几手,丰富一下流水席的菜品,给前来的食客们带来点新鲜感。流水席没有固定的菜谱,有菜大家做大家吃,这样才更有意思。

还记得一位江苏的特级厨师丁军明,为此还专程跑来我这里做了一顿淮扬菜。那一天,我把一大批好吃懂吃的朋友都叫到家里品尝。一般碰到这种场面,大家都非常兴奋,也别有一番滋味。因为做的是淮扬菜,丁军明提前打来电话,让我们备好料。那天给我印象比较深的菜，就是大煮干丝、清蒸带鱼，这是川菜里面不做的菜。那顿晚宴相当有趣，一大帮人品头论足，然后吃得欢天喜地。刚好中央电视台《大家》栏目正在做一档关于我的节目，于是，当时场面被非常幸运地录了下来。其实像这样的场面还有不少，只不过是过去了就真的过去了。

那一天，徐星一下子带来了十几个人，其中还有刘索拉，就是和徐星在同一年代写《你别无选择》而轰动的作家，两个人绝对是那个时代的明星。他们带来了不少意大利面，让大家尝尝新鲜。但那位意大利女孩毕竟是个年轻小姑娘，她做的意面，相对而言，比较简单，基本滋味就是牛肉末加番茄酱的味道，所以面条的味道太单一，她哪里知道中国人复杂的口味。就饮食这一点，中国人要比外国人多长了好几个舌头。可以这么说，意大利面比起四川的面，要差十多条街道呢。

那位意大利姑娘手忙脚乱忙得满头大汗，在厨房里面鼓捣了半天，我进去看了一眼，也替她着急，于是干脆地对她说，你这个面吃不饱的，还是我来给你们做一道四川麻辣面吧。那位意大利姑娘总算解脱了，还带着一脸的歉意。于是，我就按照重庆的做法，做了一道麻辣味的重庆小面，煮了两大盆端出来。吃了意面的客人，都抢上来尝，都觉得比意面好吃很多，每个人又重新来一碗。说到底，中国人还是觉得中国饭菜的味道永远最对味。

曾经我的一个朋友投资做了一家西餐厅，他招来一位意大利厨师。那个人曾经是米其林的二级厨师，达到那个级别已经相当不容易，三星就是最高了。餐厅开业的时候，朋友专门把我请到了他的餐馆里，还把那个厨师介绍给我。由于是第一天开业，那位厨师专门精心做了一桌最拿手的饭菜让大家品尝。

在我看来，西餐跟中餐相比而言，实在是简单太多。就饭菜而言，中国人至少要比外国人多活了两辈子。中餐不管是味也好，形也好，加工方法也好，要比西餐复杂好多倍。那天做的菜也不外乎烟熏三文鱼，主菜自然是牛排，再加上沙拉、一个汤菜，然后是烤面包，基本就是这么一套。吃完饭之后，我特意对那位厨师说，我吃完了你的拿手菜了，哪天请你到我家来吃一顿，来而不往非礼也。他点头答应了。

还没过一个礼拜，那位朋友就带着他的二星厨师一起来到了我家。当天也没有特意准备，还如平常一样，一桌普通的家常菜，其中有四川的腊肉、香肠。那位意大利厨师仔细地品尝每一道菜，然后诚恳地说，你家菜怎么会有我妈妈做的菜的味道呢？当时我就在想，可能是四川烟熏腊肉和意大利烟熏三文鱼的味道有些相似吧；还有，西餐中有些香肠的味道也很接近四川香肠。

一道道菜品尝完毕，那位厨师表示非常喜欢流水席上的家常菜。他最后竖起拇指说，他觉得中餐太丰富而且太复杂，只是可惜中餐没有奶酪。我马上更正他说，你错了，中餐里啥也不缺，当然有自己的奶酪，中餐中腐乳就是奶酪，霉豆腐就是臭奶酪。说完，我马上从厨房一个小坛子里，取出了一块从四川带来的豆腐乳，让他尝了尝。

其实，豆腐乳与西餐里面的臭奶酪的味道很接近，都是蛋白发酵。只不过外国用的是牛奶、羊奶，是动物蛋白发酵，而我们用的是大豆蛋白，属于植物蛋白发酵。但发酵出来的效果都差不多，蛋白质发酵后，都自然而然有那个臭味，非常接近。

尝完，他摊着手叹口气说，中餐完美无缺，实在找不出什么缺陷了，对我表示心服口服。

大概因为流水席有了些名气，英国的BBC曾经专程登门采访我。BBC的采访比较专业认真，很久之前就和我联络，敲定好所有的细节后，一大队人马便如约到达了。他们专业的程度确实是国内电视台无法相比的，光是拾音就有四个人，三台机位，一台机位有两三个人跟着，轰轰隆隆一大群人，工作秩序有条不紊。

为此，他们还专门请来了两个主持人。其中一位华人老头儿是BBC一档著名的美食节目的主播，节目做了几十年，在英国也算家喻户晓了。大概是在英国待的时间过久，他汉语说得磕磕巴巴的，不怎么利索；还有一个年轻的女孩，是他的搭档。那个华人主持人出版了不少美食方面的作品，还专门带来了几本书送给我。

他们一大早就约我一起去市场买菜，两个人一左一右陪着我，不浪费任何细节。买菜的过程中，他们同我细致探讨中餐的原材料，比如鱼、肉、蔬菜、香料等，整个菜市场被他们完完整整地拍了个遍，他们工作的细致程度令人叹服。

回到家里，我亲手做菜的每一个细节都被他们详细地录

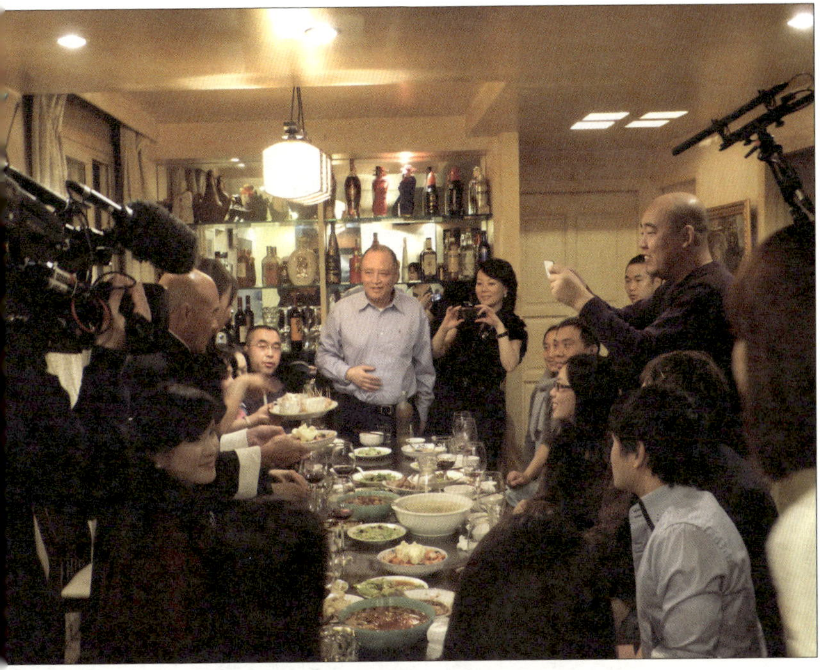

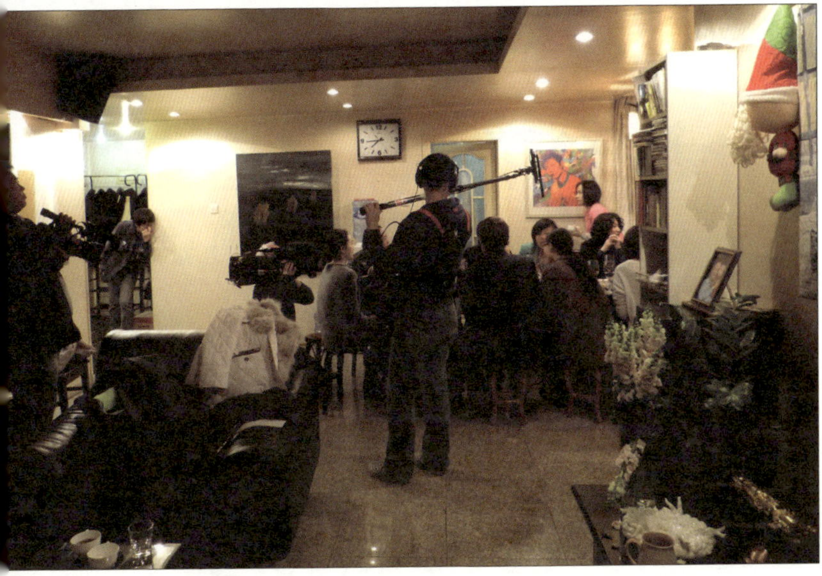

制下来，不时还伴着他们的提问，过程既轻松又有趣。

其中被重点录制的一道菜就是"黄氏牛肉"。所谓黄氏牛肉，就是结合了重庆炖牛肉与北方炖牛肉不同的做法，把两者优点结合在一起。南方炖牛肉要用辣豆瓣酱、花椒、辣椒，再加上泡椒；而北方炖牛肉，一般通常加的是大料、香料。我把二者混在一起，两种调料都要放，既有麻辣鲜香，又有香料调出来的椒味。当然，他们还录制了家里做的其他常见菜。

那个老头儿相当精通美食，录制结束的那一天他吃得意兴盎然，于是挽起袖子对我说，他也要做道菜，让我尝一尝他的手艺。这当然是在节目计划之外的，也是没有想到的，大概是节目录制得比较顺利。于是，他与他的美丽助理一道，两个人在厨房里面忙乎了好半天。结果端上来的是一个水果拼盘，用糖熬成糖稀，然后浇到水果上面。他一脸诚恳地端着他的作品，激动地、结结巴巴地说，他做了一道"热的水果"。我马上摇头对他说，你的菜很不错，只是名字不够诗意，应该叫"温暖的水果"。当时他乐呵呵地接受了。大概是英国人比较喜欢这类食物，用糖、布丁放在水果上面，吃起来又甜又有水果味。当然，这根本不是中国人习惯吃的味道了。

后来，他们专门打电话告诉我片子播出了，但我没看到，也没有太在意，只觉得他们来一趟有收获、开心就好。我这个人就是这样，大概一直对过程着迷，而对过程之后的结果不太在乎。

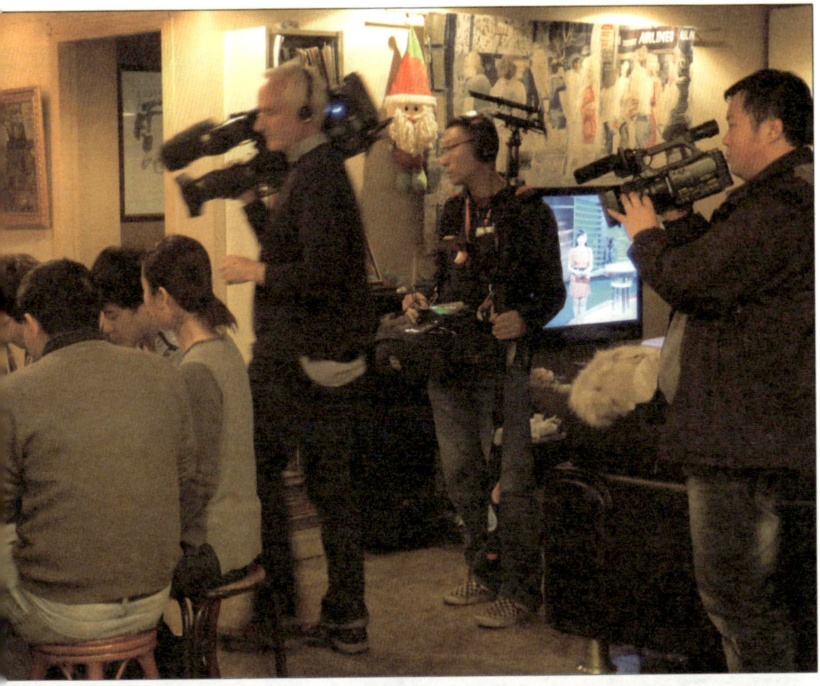
AIRLINES

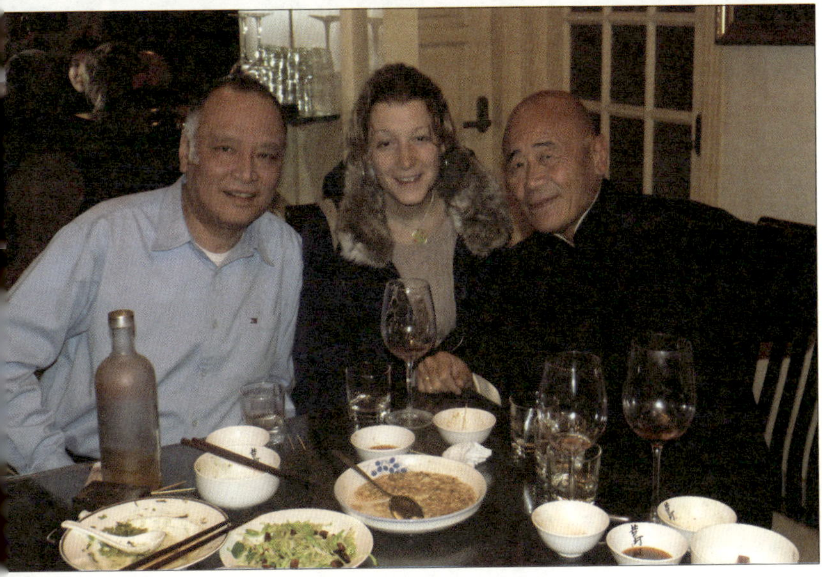

光阴舍我,无依无靠

这个房间有人练书法，那个屋子有一个歌剧演员在唱歌剧，另一处又有几个朋友和从法国回来的诗人谈诗歌，实际上搞成了一种文化沙龙了。觥筹交错间，眉来眼去者有之，指点江山激扬文字者有之，当然也不乏试图结交权贵以曲径通幽之人。黄珂呢，总是静坐人群中，面带微笑。在如今这个人际关系日渐淡漠的年代里，许多人住楼上楼下，却"老死不相往来"，黄珂的出现，确实可以算得上一个奇迹。"黄门家宴"在一定程度上满足了中国人对西方沙龙文化的梦想，满足了人们渴望沟通、渴望交流的理想。所以我觉得，黄珂其实是一种生活态度，是你面对世界、面对人性的一种姿态。

——邱华栋

每次见到诗人杨炼，总觉得这个人是从哪座山上下来似的，沾了什么神气，那头标志性的长发总是飘飘然的，随时能漂洋过海一样，像一面从不会垂落的大旗，而且他的身体里总带着让自己随时焕然一新的力量，声音铿锵有力，句句不离诗。一生非做诗人不可的已不多见，而他却初心未泯，每一分钟都是肯定的。有些人的能量是天生的，有着说不出的底气，而且总是能随时更新转化，时刻感染着他人，这是再难得不过的了。

早期经常到我这里的朋友，几乎都发奋地写过诗，或者说江湖上写诗有点名堂的人大多来过这里，像是张枣、李亚伟、万夏、马松、杨黎、老野、赵野、刘春、张小波、周墙等等，二十世纪八十年代产生了一大拨诗人，诗写得好坏且不说，人人身上有一股雄赳赳的气概。诗人我见过不少，而真正读过的诗歌并不多。诗歌到底会产生什么特殊的能量真不好说，但写出好诗的一定非凡俗之辈。我个人觉得，那些人身上天生都流着令人惊奇的血液，可诗人的时代只是瞬时繁华，一大半的好诗人都学会了经商，而且赚钱赚得很麻利。似乎是发了财的诗人眼睛更亮，毕竟一个人潦倒落魄久了，或者顽固执拗，或者自惭形秽，只会让灵魂变丑。

有一次，杨炼带来了一打英国诗人，嗬，那场面真让我开了眼。其中一位六十来岁的老诗人，据杨炼介绍，是英国挺有名的贵族诗人。说到贵族，自然就是世袭嘛，人家可拥有好几座古城堡，真正的大家业，但是平常这个人活得特别孤独，艺术家都容易孤僻嘛。

一到我这里，他开始有点拘谨，人也冷峻如城堡一般，后来就变得越来越兴奋，菜也吃得爽口，啤酒洋洋喝了一大堆。老贵族紧拉着我不放，幸福得简直像个孩子，一个劲儿地傻笑问："我这是来到了天堂吗？这里真的是天堂吗？"他瞪着真诚的蓝眼珠，只觉得彼此之间一点隔阂也没有，话语中也没有丝毫的恭维，大概我们都消解在一种中国人称为皆大欢喜的气氛中，不管他来自什么血缘。

醉，有时真是个好东西，没有哪国人比中国人更深刻地

理解醉的意义，从唐诗和宋词总能闻到一股流溢而出的酒味儿。醉中的那一刻恍惚，那一刻的心意顿开，大概是一个人的灵魂在天堂盘旋的时刻，与千古神通，与万物连接。怪不得万夏说，诗写得好不好就看那个人够不够醉。醉，是人随身带着一服解药，只是看与谁醉得淋漓尽致而已。

坐进流水席的孤独者常常能见到，心事重重者有之，沉默寡言者有之，但一入桌后，能做到很快地忘我忘愁，尽释怀于杯盏之中，完全是那一时那一地的气氛使然。面对着眼前手舞足蹈的老贵族，我当时就想，对于久居孤独之中的人，突然之间来到一个无拘无束之场地，大家如此平等共处，把酒言欢，不问陌生，直奔欢喜，各得其乐，即便称之是半个晚上的幻觉，也是快乐汹涌而出，便是可贵的。我骨子里是怕

黄珂与国外粉丝在家中

孤独的人，因为我觉得孤独总是狭窄的，仅容一人，但有人也会甘之如饴，独得清欢，我真的是由衷佩服，但我喜欢的是共享，哪怕天天是为了告别的聚会，但眼前的交集也已足够。其实每个人都是孤独者，寻欢之心人皆有之，只是各自填充的方法不一样。尽管只是短暂一夜，但是这一夜是快乐自在的，对老贵族而言就是天堂，天堂不就是可视、可见、可触、可得的快乐吗？至少我个人还没有体验身外还有另一个天堂。

那一次给了我深切的体悟，任何美好的东西不可能长久持续，来这里的人哪怕只是一夜的美好体验，也是蛮值得了，这也是福德，算是我做了一件善事。给每个客人带来一夜美好的心情，也是做了一件很大的善事。行善是养人的。

朋友就是下酒菜

黄珂宽容也包容，他所有的行为都证明他是个活得大彻大悟的人，我和黄珂几小时的接触使我深信这一点。人们常用"酒无好酒，宴无好宴"来形容各种宴席，那意在沛公的项庄似乎时刻潜伏于席边，于是每每被请赴宴，总有人提心吊胆，食不甘味。但在黄珂家里，这一切都不存在，好酒好宴伴着一个好人让人流连。有人说"天下没有不散的宴席"，可是在黄珂家里，人来人往，筵席不散。黄珂收藏的是友谊。我想，友谊，也是他招待朋友们最好的那道菜。

——芒克

马松被称为"马波切"，那是因为他做了一大堆畅销的心灵读物，多涉及宗教层面的心灵启发，而获得此雅称，国内的高僧大德认识了不少。这一切就因为他的好朋友陈琛说"没读过《金刚经》的人不值得交往"，之后他确实当了真，艺术和人生最终通向宗教，我身边的艺术家朋友基本都走着这一个轨迹。马松下了苦功夫，果然悟到什么，变得深刻了许多。而在日常生活当中，他一定要笑嘻嘻地把快乐双手献给别人，做朋友们的下酒菜，那种豁达可以在云里飘，心肠能晾给别人看。我们开玩笑把他当成属灵的人。

我个人认为，人要做到高级而有趣便可称为人中极品，他便是其中之一，灵性这种东西很难说清，但必定是有的。而其人嗜酒，且逢酒必醉。酒的一大好处是，能把你带进一种令人吃惊的状态之中，这一切也唯有酒能做到。马松一场酒醉后，第二天必是意兴阑珊，有几个小时的抑郁发作，须再喝酒方可稳住心神，和诗人李亚伟是一个路数，生活的常态有时真让人不耐烦，一旦浸在酒中便是另一番天地。马松是莽汉派诗歌中的杰出代表人物之一，也难得这一群诗歌的莽汉们，总能折腾出让人耳目一新的天地，和他们在一起的时候，快乐定能迅速提高一大截儿，不但能谈玄论道、勘破人情世故，而且能捎带把生意做得风生水起。马松的朋友也是我的老朋友，他们所有人，比如二毛、万夏、李亚伟、杨黎、宋强等等，几乎都趣事一大堆，酒是其中的核心，只要一有机会就把自己折腾得翻江倒海、人仰马翻的。

朋友们都知道，马松酒喝到每一个阶段，必有不同的表

现：先是袖手旁观，笑嘻嘻地蹦出几句奇谈怪语，高妙而突兀，酒下得极快，频率极快；当酒喝到一半的时候，他一定要打断他人之言，不时插言补充，然后结结巴巴地说，我来买个马，我来买个马，那时必是酒上眉梢、下入心神的程度；喝到最后呢，他就会不停搓搓手表达十足的快意，话语中咿咿阿阿渐多，重复且不知所云，那必是醉了。他每一次喝酒几乎都毫不例外地坚守着自己不变的程序，而且一定坚持买单。

多年以前，有一个外地朋友送来一对驼峰，问我会不会弄。我回想自己在饭店吃过的驼峰，想想按自己的意思弄出来也并非难事，就让他送过来了。随后我就通知了一帮好吃的人，其中包括马松、万夏，准备开个驼峰大会。其实弄驼峰确实挺费事的。万夏这个家伙对吃一向兴趣大得很，又爱琢磨，现在更是讲究得不得了，对所有的洋酒都了如指掌，很少喝中国白酒，说是喝完中国白酒，身上的味道是臭的。那一天，他兴冲冲地在厨房里不厌其烦地收拾，整整两个多小时，亏得他那一番耐心。收拾干净后开始煮，再用高汤来调味，整整弄了六七个小时才把它煮熟，熬出来的汤味道不错，大家都觉得比大饭店做的还美味。其实我个人觉得也并没有什么特别的，跟牛马羊肉没有什么太大区别，只是腥味大一点儿。

驼峰只不过是聚席喝酒的由头。那天晚上，大家喝得很疯，个个醉醺醺的。我也喝了不少，就先回卧室里睡了，由他们继续撒欢。马松喝多了，根本走不动道，就在打牌的小屋里临时将就一宿。他用几只凳子拼了一个可以躺下的地方，就睡下了。没过多久，我就听到板凳噼里啪啦一通乱响，然后是身体沉重落地的声音和呻吟声，意识到他人已经翻倒在地上了。当时我也是醉意深重，身体绵软半分力气没有，就由他自己料理了，又听到他手忙脚乱地在重新拼板凳，也就安心了许多。就这样，他来回好几次掉在地上，声音很清脆，然后他重新很笨拙地把板凳拼到一起，不管不顾地继续睡。

关于马松喝酒的故事实在太多了。有一次，他在我这里喝完酒后，觉得不过瘾，又跟周墙两个人跑到夜总会去喝，一人干了一瓶洋酒，然后两个人东摇西晃地分手回家。第二天中午，周墙给我打来电话，说了他们喝酒的情况，他联系马松，结果没开机，问我有没有马松的消息，担心他出什么事情。我当时还很肯定地说，估计不会发生什么事情，一点酒还不能把他怎么样，因为类似的情况太多了。快到傍晚的时候，我给马松打电话，终于通了，便问他跑哪儿去了。他说自己昨天晚上喝得"月亮都找不着"了，就随便跑到一家道旁的洗浴中心睡了个觉。晚上他人又过来，还是那副笑眯眯的样子，随手从皮包里掏出了一张发票，说是洗浴中心开的发票，证明他确实在洗浴中心待了一宿。我拿过来一看，气得哭笑不得，上面分明写着"北京市收容所朝阳某某分站"。

万夏（左一）

认识万夏也很早了，我先是和他以前的女朋友比较熟悉。因为她的缘故，在万夏吃不上饭的时候给他送了一大锅地地道道的重庆火锅。直到今天，他还常向人叨咕，这是他这辈子吃到的最牛的火锅。

曾来德、欧阳江河、万夏等在黄珂家里

那是一锅绝对地道的重庆火锅，满满一锅，里面有鱼丸、豌豆苗、莴笋、冬笋、金针菇、黄豆芽、竹荪、羊肉、牛肉、猪肉、腊肉、香肠、猪脑花、鸭血、鸭肠、鳝鱼、泥鳅等等，能加的都加上了，让他一次能尝到的都尝到了，而且事先都要烫好，热气腾腾地端到那里，还给他备了一瓶好酒。

万夏收到后如同饿死鬼一般，疯狂地大吃大嚼起来，恨不得把每一滴汤汁都吸吮净尽。不到半个小时，一根毛儿也不剩，吃得一干二净。这是一个让他一辈子也无法忘记的情景。过后我们在成都正式见过一面，感谢我当时为他做的那些事儿。他这个人很豪气，也是一个不折不扣的吃货。

又过了几年，我们又在北京相遇了，他那个时候已经从成都开始来北京当了书商，碰巧我当时正好给稻盛和夫的公司在中国做些事儿，他在中国的第一本书就是我介绍给万夏

的。那本书印得很精美，万夏做事考究得很，他学过绘画，写过诗，脑袋灵光得不行，是一个天才，做书更不在话下，业内无人不识。

他好吃好喝也是圈子里有名的，经常和我交流美食心得。我这里有什么特别的好东西，比如某个朋友送来一头宁夏的滩羊什么的，他一定是第一个弹跳着奔过来的家伙。他现在自己在家里做腌肉、做泡菜、做腊肉什么的，讲起美食来头头是道的，还拿来让我品。他也开始做家宴，有时候会让我家的厨师过去帮他弄。

热辣滚烫的火锅让诗人们更加兴起，右五为芒克，左三为艾丹

我是乌托邦主义者

某行为艺术家企图"考证"一下黄门的待客之道，顺手在北京街头拦下一辆出租车：

　　"师傅，今天的活儿您别干了，钱，我都出了。帮我办件事儿。"

　　"啥事儿？"

　　"望京606的主人您认得不？"

　　"不认识啊！"

　　"不认得才好呢！去，直接去他们家代我吃顿饭……"

　　那司机还真胆大，还真去了，还真吃了饭走人了！没有人问他是谁，他也没觉得满屋子的人有"多神秘，多牛、让人有多不自在的感觉……"据说，他一出电梯就唠叨："×的，都是些经常在电视里面露脸的人物，咋就叫我去吃这顿饭呢？"

——酉水闲人

二〇〇九年一期的《博客中国》完整记录了流水席某一天的情景——

二〇〇九年春节过后的一个中午，黄珂开着一辆"高龄"的黑色奔驰，去机场接一名从四川过来的朋友。下午两点过后，两位在"华谊"公司工作的编导坐在他家客厅里的黑皮沙发上，等着黄珂投入"斗地主"的行列，黄珂一脸歉意，连连说"马上来"。

一进黄珂家，他的"生活"气息扑面而来：在客厅最显眼的地方，摆着两张拼在一起有四米多长的餐桌，另有一张规格相同的饭桌则放在沙发旁边，如果吃饭的人多了，就三张连在一起，摆成一条长阵，京城著名的流水家宴就在此开席。

餐桌尽头的一面墙立着黄珂的酒柜，格栅中陈列着各式洋酒、白酒。在他的家中目极之处，与吃有关的物品随处可见：阳台上横着一条竹竿，挂着六条黄珂自己腌制的腊肉。旁边的角落，摞着东北朋友送来的五十袋延边大米，以及空啤酒箱子。

阿姨小彭在不到十平方米的厨房里杀鱼洗菜。因为厨房太小，黄珂不得不把一个硕大的冰柜放在棋牌室内，棋牌室内堆放着成箱成箱的啤酒、白酒，以及十几个餐椅。小彭不时出入棋牌室，有时去拿菜，有时是去问正在打牌的黄珂某道菜的烧法。

小彭原本不会做菜，认识黄珂之前给别人家当保姆。至今小彭也不明白，世上怎么会有黄珂这种人，"天天请人吃饭，太不可思议了"。

十八点左右，黄家门铃陆陆续续响起。这天到他家吃饭的有十四五人：三个前来采访的记者，两个牌友，三个在美国百老汇登台过的女歌唱家、一个带朋友过来的小个子画家，一个想与黄珂合作搞一台"四川地震一周年义演"的慈善基金会的负责人——"因为黄珂认识很多川籍艺人"，以及黄珂的女儿黄谷带着两个朋友，还有一个黄家常客——诗人二毛。

就这样几拨来历迥异的人，为一桌美食聚在一起。这一天，黄家传统名菜"吊烧鱼""萝卜连锅汤""自制四川香肠""煸炒腊鸭""素炒蚕豆"在餐桌上唱着主角。

饭后，有几分醉意的客人分成几个团体：棋牌室内，黄珂带着几个人继续打牌；客厅内画家与一位歌唱家谈着如何把歌剧推向市场，一伙人则在电视上看鲁豫访谈黄珂的录像；在黄珂的书房内，另一名歌唱家在网上找到自己在国外表演的视频，让其他人观赏，兴致到处还为大家清唱一曲《卡门》；而记者们则抽空儿把黄珂叫到相对安静的卧室，采访的采访，拍照的拍照。

约二十一点，黄家又来了两个人：演员影子与长头发的平面设计师旺望忘，他们在外面吃完饭也赶过来。"我喜欢这儿的气氛，即使吃过饭，也要过来看看，否则好像一天过得不完整。"身材高挑的影子说。

　　北京各行各业的神人数不胜数，比如和我交情比较深的一对唱音乐剧的朋友，男的叫李苏友，女的便是影子。李苏友是上海音乐学院音乐系教授，他们是奥运会之前来北京的，当时是为了争取能在奥运会上唱歌，李苏友当时辞去了音乐学院的教职。影子是他的学生，是一个上海女孩儿，是我见过的一个悟性极高的女人，聪明又大气。原来她在上海外国语学院文学系学习，也喜欢诗歌，在李苏友的指导下，开始走上专业的道路。后来她去美国学过声乐，重点学习音乐剧。他们搬到东莞，东莞市政府为了搞音乐剧，吸纳一批人才过去，当地政府扶持了几个剧目的创作演出。这两个人痴迷音乐剧，我在和他们的日常聊天当中，才对全世界的音乐剧有所了解，百老汇就不必说了，韩国的音乐剧发展非常迅猛，创作力量特别强大，舞台演出也特别多，在首尔，一天几十台音乐剧同时上演，而且观众特别多。

　　可能很少会有人想到，韩国的音乐剧会发展得这么快，以至于影子开始学韩语了，争取跟韩国人合作。音乐剧介于流行歌曲跟歌剧之间。歌剧是一门经典的古典歌唱形式，时间长了，就跟中国的京剧一样，随着时代的发展，不再受追捧了，所以出现了音乐剧这种形式，比如《猫》《西区故事》《西贡小姐》等诸如此类代表性的音乐剧。

2012年生日黄珂与影子等一起演剧

因为身边围绕着各行各业的人，我一项收获就是通过与不同人打交道，间接地体验他们独特的人生，也丰富了我对这个世界的认识。比如说一位搞航天技术的朋友，有一天送给我一套神七、神八的模型，当他说起航天飞行器的事儿，让人听得很是入迷；再比如，一个国家顶级的土壤学家，讲起土地的事，会让你目瞪口呆；一个NHK的制作人会告诉我为拍摄一个镜头，在野外苦苦等待九个月的故事；如此等等。

对于不同的专业，我发现自己的无知，通过与他们接触，多多少少会有一些了解，当然还有他们迥然不同的人生，会触发我对世界有更深层次的了解，实在是获益良多。

门一旦打开了，就很难合上。国家各个部委也有不少官员会过来看看。别看这几张桌子，辐射范围之大，也是出乎我想象的。记得有一次一位外交部的副部长，当然也是通过朋友介绍，他来的时候，还带了八个驻外大使，都是国家派到欧洲的大使，都是外交圈的精英人物，在这里兴致勃勃地吃了一顿家宴。然后他们感叹地说，也许只有在饭桌旁才是真正的外交，这种交流不同于任何场合的交流，即便是最严肃的外交为什么不能以一种轻松和快乐的方式进行呢？外交的最大作用不就是破除隔阂、增进相互了解吗？人们更愿意在饭桌上近距离地接触，敞开心扉。类似这样的晚宴很多，我一直也都是按照通常的惯例准备，有什么做什么，当然饭菜一直还说得过去。人们更喜欢这里轻松而随意的气氛，在这里没有身份和地位，只有食客。

有好几个大学专程派老师和学生，想在我这里搞一个关于社会学的课题，因为以中国之大，出现如此的特例，也是他们想象不到的。后来南开大学，还有北大也曾经邀请过我，去给学生讲讲有关社会学的课，也就是中国式家宴的传统和继承的课题。我为人比较懒散，根本没有从学者的角度想过这件事，又没有统计学的数据，就讲讲吃吃喝喝，来了什么名人，像是一个八卦故事，也就婉拒了。

比如画家周鸿，情况比较困难，朋友的一个电话打来，我就留下他来，在我这里吃住有一年多。周鸿是从川美毕业，想来北京发展，来北京时就背着一个小背包，算是赤身到北京闯天下，身上带着不服的劲头。比如有一次一个大师级的人物在即兴创作，他还觉得不服气，也即兴作画，算是拼画，挺有意思的场面。以前有拼字的，那次拼画还是头一次见到。周鸿也不用画笔，直接用手，就在宣纸上挥舞起来。大家喝了酒，兴致都很高。即兴中，几分钟画出的一个东西，比较抽象，没有章法，看不出好坏，大家也都只当是玩了，油画不比书法，得花时间。他是因为父亲去世了回去的，也没再得到他的消息。

还有一个画家老潘，在这儿住了两个多月，还在这儿作画，我还推荐给朋友画肖像画，一边玩儿，一边现场作画，卖了几十张，还挺有意思的。我的态度是，艺术家一定要养的，到我这儿也只是过渡，情况好转了，自然而然就会建自己的工作室，租自己的房子。还有一些哥们儿的孩子到北京上学，朋友出国前在这里中转，或是毕业前找工作的穷学生，只要我能做到的，都非常乐意这里成为他们的落脚地。

现场即兴泼墨的场面很多，很多大师级的人物一般不会轻易动笔，到了我这儿，气氛对了，只要现场有人索要，居然毫不推却，随手相送，毫不在意。比如曾来德大师，现在他一幅字价值不菲，也会在这里即兴创作，算是给饭局烘托一下气氛，给大家提提神。

音乐人，唱歌、唱戏的，经常随时献曲一段，拼歌的也有，某某唱一段，紧接着另一个也来一段比试一下。家里钢

李洋在黄门宴表演

琴是现成的,比如说刘索拉喝高兴了,即兴作曲现弹,根本不在意什么,随心所欲地弹。大提琴家李洋是家中的常客,时不时地演奏一段。也有自带乐器的,比如手风琴家杨帆,永远是激情四溢。那都是瞬间迸发瞬间消逝的场面,对在场的每个人都是一生难遇的，就是这样发生了，这就是流水席纯正的味道。

那时候家里有一个小房间，放了两张一米二的床。有时候某某住在这里，突然间旁边多出一个人他还不知道，醒来时会吓一跳。也有喝多留宿的，二毛有一次跟我讲，某人夜里吐得满地都是，他还得起来给打扫干净。我们管那间屋叫客房，因为住得杂，而且不固定，像走马灯似的，喝多了在那里吐的大有人在。

肯定也会有这样的人，比如有人不跟你交流，有的人言谈举止让人很不舒服，还有人随便把你的书啊、碟啊拿走，连招呼都不打一声。或者你以前和他打过交道，他有些事做得不太厚道，但好在我这人忍耐力比较强，都能忍得住。我看人看事都比较宽容，真正让我觉得特别厌恶的人和事并不多，很多事情我都觉得无所谓。当然，更多的时候我对别人的行为表示理解，他们做什么总会有自己的道理。

我最大的收获是结识了很多朋友，朋友圈子越来越大。别人收藏古董字画，我喜欢收藏友谊，我认为这是我一生中最大的财富。我觉得这样比较有意义，人生的意义在于人与人之间的交往，与不同的人交流，感受会不一样，会拓宽自己的人生。比如我在798建艺术酒店，大家听说这个事，都愿意出力，有几十个艺术家参与设计个性化的房间，还有建筑方面的、策划方面的、经营方面的朋友，都很热心地参与这件事。通过与别人接触，你可以间接地拥有更多的人生经验，使自己的人生变得更加丰富。

某一年夏天的夜晚

据说最金贵的是墙上挂着的一幅，看着倒像是绘画版，且是中国版的，斯蒂格里茨的那幅《统舱》。立式钢琴伴着岁月站在尘埃里，铺了灰的书架上放着大人物传和小人物书，想必是有孩子在这屋里成长过。所有传奇都难免被油盐酱醋扰乱了色彩，但这古里古气的房里多的是连主人自己都忘却了的古董和摆设，倒是让人相信，每撩出一件来，都是一段故事。

　　吃过饭的宾客懒懒地又坐回沙发，把餐桌腾给新进屋的人。我边剥橘子边翻着满架子的光碟，而此时无论是在储画室里弹钢琴，抑或是在客厅里窃窃私语,或在饭桌上举杯相欢的陌生朋友,都不再能阻碍宾客们和此景此地真切而放松地相处。这一刻你相信人与人可以如此相安无事,谐然共生。谁也不急于去和主人说什么,因为他看起来对一切都不太感兴趣却耐心热情。

想起作家老野说,"'黄客'们来自世界各地,在黄珂那里结下各自的殊缘,进而在未来的时光中找到自己的方向",大抵如此。座上一位先生的话也令人感触良多,"入此门则都是朋友无话不谈,出了这个门便互不相识啰"。

——《南方周末》

提到老野，首先要提到旺望忘。关于他们的个人成就，百度可能比我讲得更详细一些，我只说说和他们交往的某些片段，说多少算多少吧。

某一年夏日的一个夜晚，家中只有我和旺望忘两个人。我们关了灯，在黑暗中，一边喝着威士忌，一边听音乐。听完小提琴家徐惟玲所赠的CD，又听马友友、王健的大提琴，还有音乐剧等，一直听到凌晨。我发现我们都喜欢古典浪漫主义作品。在聆听的过程中，我们俩有很多反应是一致的：听到激越之处，我们都会兴奋难耐；听到婉约动情时，我们又都会扼腕叹息。从那以后，我就把他视为知己，新搞到一张喜欢的唱片，也总是想着找他来一道分享。

早在二十世纪八十年代，旺望忘就已经在平面设计界崭露头角了。平面设计是什么？照国际的说法叫"商业美术"，诸如商标、海报、广告、书籍装帧都包括在内。旺望忘的艺术生涯就是从书籍装帧开始的。

新时期以来中国文坛上的几乎所有重量级的作家都曾被旺望忘"设计"过，而且还都被"设计"得非常满意。但是每次向新结识的朋友做自我介绍时，他都不愿提起"书装"二字，只是淡淡地说自己是"搞平面设计"的，尤其是这两年，他连平面设计都不愿提了，只是强调他是个画家，是搞艺术的。

我想，旺望忘是越来越觉得书装、平面设计的领域都太小、太狭隘，而且都有一种听从感、附属感，盛不下他蓬勃的才情和炽热的创作力。

这两年他一直在拼命作画，几乎完全抛离了商业目的，只为寻找他心中的那种"纯粹"的艺术。他的作品让许多画家和评论家目瞪口呆——从创意到技法都有让人意想不到的突破。因为他是跨界人才，所以可以打破绘画界本身的桎梏。

他还写诗，在各种诗歌刊物上发表。而在聚会中，他在酒后的朗诵，更是激情澎湃，常引得女粉丝尖叫。在我家中经常聚着中国的著名和非著名诗人，他们都把旺望忘当同道兄弟。

他专门购置一套专业级别的口琴，躲在工作室苦苦地练着，一有机会便要掏出来吹。在聚会上，他吹完圣歌吹情歌，还有布鲁斯、儿歌……简直是没完没了。

他还自编自摄了不少影像短片。一位中央电视台的编导在我家观摩完了旺望忘的短片后，仰天长叹：我们是搞技术

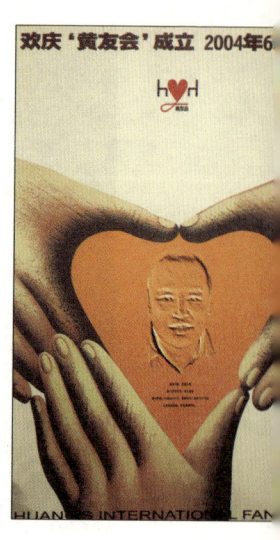

2004年黄友会成立旺望忘设计的宣传画

的，人家才是搞艺术的。

他就像一座活跃的火山，渴望在不同的艺术表达形式中找到自己的喷发口。他就是这样一个为艺术而存在的人。

而我与老野相识是在他第二次结婚的婚礼上。在好朋友眼里，他的婚姻像是个笑话，连他自己也自嘲是"三流的丈夫"。时间是二〇〇三年前后，是旺望忘带我去的，因为婚礼的招帖是他设计的。

我们去得比较晚了，老野已经被一帮人灌得五迷三道的，匆匆喝了杯迷糊酒，就这么认识了。巧的是，当时他就住在我对面那幢楼里，离得太近了，一个箭步就窜过来了，找到我这样的乐处也不易，于是隔三岔五就过来喝酒。那个时候他特别能喝，逢酒必醉，但他有一项自醒的绝技，喝多了就在沙发上躺下来，过半个小时，又复苏了，焕然一新坐在

酒桌旁继续喝。

他相当健谈，粗鲁又细腻，尖锐又风趣，荤的素的，南腔北调，都在他嘴里迅速化成嬉笑怒骂滚滚而出。只要有女宾在座，他一定要存心调戏一番，方能释解酒意。看似放浪不羁，其实是释放胸中郁结奔腾不已的愤怒，那股不平之意至死不休，所以他的娱乐也是彻底的、不妥协的，他是一个相当赤裸的汉子，敢扛着正义之旗。

他蛮喜欢跟我们打牌斗地主。婚后他很是惧内，让我们意想不到。有一次，我们四个人在小屋里斗地主，其间老野接到一个电话，立刻脸色大变说，我老婆找我呢，我得撤了。话音刚落，他妻子已经进了门，一句话也没有说，冷冷地看着，老野把牌一扔，垂头丧气地跟着她出去了。当时诗人张小波就冒了一句：她像一把尖刀走进了房间。

他的妻子也是一个才女，湖北人，据说是研究《红楼梦》的专家，脾气非常刚烈。后来他们越闹越厉害，于是就分手了。其实那个女人很爱老野，舍不得分。有一次，她上门找我，说老野离家出走了，她死活找不到人，然后说了好半天，我也只能是安慰，最后她留下一个信封，里面是那个女人的两张照片，当时她告诉我："大家留个念想吧，我也要上路了。"老野告诉过我他们离婚的原因，这里就不细说了。

婚离完以后的一段时间，他在流水席结识了新的女朋友。那一次，他还是像往常一样喝得醉醺醺的，那个妇人长得颇有几分姿色和气质。然后他笑嘻嘻、摇摇晃晃走到那个女人的面前，说了一句让人倒吸一口凉气的话：你长得太像我的初恋女友了。我正好坐在旁边，忍不住拉了他一把说，好土啊，说得人牙都倒了。好在那个女人没有望风而逃，给他留着几分面子，但很是反感。这么一个天天醉醺醺的男人，天天和朋友厮混在一起，说话也没遮没拦的，女人怎么会喜欢上呢？竟然，他就是打动了她，这就是老野，而且那个女人居然死心塌地地爱他，真的是要死要活的，两个人纠缠至今。

很多人是因为他的文字喜欢上了他。他一腔的爱恨情仇倾泻而出，文字如沙砾一样坚硬粗糙，甚至有血的痕迹，快意恩仇，从不含糊。他像一只浑身伤痕的野兽，不自怜，不伪饰，刻薄如刀，又不局限于自己的世界，逞一时之快，他身上的担当感是显而易见的，他想为这个社会呼喊。其实他也算是老江湖了，历尽坎坷，但他还是选择做硬汉，不做虚与委蛇的混混，不平则鸣，文字就是他称手的武器。

我们在一起相处的时间很长。有意思的是，我有一次把他引荐给一个老朋友，那个人是四川的一个县委书记，也是一个挺有情怀的读书人，大学学中文的，私底下非常欣赏老野。

按照老野一向的性格，他对体制内的人不怎么感冒，但他却被这个朋友打动了。那个人非常有理想抱负，而且是一县之主，他可以根据自己的想法，进行局部有限的尝试，比如说他搞的农村专业合作社，把农民集中在一个合作社里，优良品种的技术交流，信息共享，共同推销，如此，成立各种专业合作社。而且他还组织村议会，由在当地有威望、有发言权和领导力的村民组成，政府给发补贴，打破以前的村支书大权独揽的局面，对村里的大小事儿进行民主决策。

老野对他所做的事深感钦佩，于是深深参与其中，后来写文章，尽可能投身去做一些事情，甚至县委的党委会，他还在一边旁听。那个书记也对他十分信任，让他尽可能地了解县里所发生的大小事儿。老野有很长一段时间就常住在那个县，后来写出很有分量的东西——关于乡村田野调查报告，后来正式出版了，真正地反映现当代中国农村里面的真实问题，提出了一些解决方案。我当时觉得，老野能够发挥自己这方面的才能，真正投入社会，从批判到建设，真的是蛮不错的。包括"5·12"大地震，他当时和那个书记朋友一起组织抗震救灾，以及灾后的重建。从这个角度看，老野是一个非常有社会道德感的人，是一个能够担当起社会责任的人。这两年他来北京少了，开始在大理埋头写作。但他每次来北京，必来我这儿点卯，老朋友们也是闻风而来，把酒言欢。

在朋友圈子里，他既能够跟你面对面交心，也能够直抒自己胸臆，他所想、所爱、所恨，悉数端出来，他就是这么一个爱憎分明的人。

有时候他喝醉了酒，夜深人静的时刻，也向我唠叨一下自己的所谓"细碎的苦恼"，家庭的细节，对我们这类人来说，都是相当可怕的，包括他与前妻、女儿的关系什么的。有一段时间，他和他女儿关系弄得很紧张，好在现在缓和多了。年纪这么大了，他身上那种尖锐的气质一点儿未被岁月消磨，真的是令人惊叹。他的文章写得透彻，除了丰沛的情感，还有执拗到底的个性和了不起的古文底子。

花满山
梅落南

> 黄珂没什么伟大的作品，在思想上也不见得有多少见地。但他是催生这些东西的场地提供者，是产生这些东西的催化剂。
>
> ——梁文道

梁文道、窦文涛在黄门宴

几十年来，像云飘过的人不计其数，其实每个人各有特点，但真正让你记住的人并不多。二十世纪八十年代初，我还在重庆，思想刚刚解禁，各种各样的民间文艺学术团体风起云涌，当时一个叫马星临的朋友，是搞文学评论的，他出头成立了"重庆青年文学艺术协会"。在成立大会上，我和张枣头一次见了面，张枣在那篇《枯坐》里，把我们早期的相识很细致地写出来了：

有一夜醉了，无力回家，便借宿在黄珂家的客房里。不知过了多久，突然被一层沁骨的寂静惊醒，这寂静有点虚拟，又有点陌生，使人起了身在何方之思。我知道再难入眠了，一定得补饮点什么。我迷茫地下了床，绕过书房，走过甬道，只见一盏微光还逗留在客厅里，人都走了，四下都是杯盘狼藉，空气里呆痴着一股酒腥味，空椅子七零八落围靠在长长的餐桌边，都像是摆出了一副怅然若失闭嘴的样子。我走进客厅，正朝那间棋牌小侧室蹑行，想去冰柜取点啤酒，忽然觉得身后的空寂里有点异样。我回过头，看见客厅右角的沙发上坐了一个人。是的，黄珂坐在那里，枯坐着。枯坐是难以描绘的，既不是焦虑的坐，又不是松弛的坐；既若有所思，又意绪缥缈。他有点走神，了无意愿，没有俗人坐禅时那种虚中有实的企图，反正就是枯坐，坐而不自知，坐着无端端地严肃，表情纯粹，仿佛是有意无意地要向虚无讨个说法似的。它是人类最有意思的一种坐。这个我是懂得的。即使在热闹的餐桌，在他的首席上，黄珂也偶尔会滑进这种枯坐。这个旁人是没留心到的。

他看我拎着酒走近，说：睡不着呀？

我说：呵，你也喝点不？

他说：喝嘛。

两人三言两语地喝了起来，又惺惺相惜地沉默着。过了一会儿，我忽然觉得有一种Dejavu的感觉，一种幻显的记忆，就是那种似曾有过的感觉：你正做某事或经历某个场景，忽然觉得你过去也做过同样的事或经历过同样的情景，你是在重复，却又想不起具体的比照。我这时就正是这种幻显，觉得这夜深人静，这对饮，我们仿佛在过去有过，此刻我们只是在临摹我们自己，在临摹逝去了的自己的某个夜晚。那从前的对饮者，也就是这样举落着我们的手和杯，我们还那么年轻，意气风发，八十年代的理想的南风抚面。

一刹那，幻象落实：不，这不是幻显。我竟认定我们不只是这三年才认识而一见如故的。这"一见如故"不是空话，还真有点名堂。我们过去确实见过，短暂地交往过，在一九八五年左右，后来我们竟相忘于江湖了！我想起一个叫吴世平的重庆旧友来，那时的文化圈里他是最能串人的，他把大家都组织起来，搞了个"重庆青年文学艺术协会"，后来功成名就有头有脸的重庆籍文化人、艺术家，都跟它有染呢。柏桦也带我这个外地人入了这个会。

我问黄珂：你是不是也在里头？

他说：咋个没呀，也在里头耍嘛。

像是为了印证，我追问：成立那天你去了没？

他说：咋个没去呀，记得有个仔对着会场敬了个军礼呢。

我心里一动，是呀，我也是很记得那一幕的。协会成立是在一九八五年十月的一天，是个雨天，在上清寺附近的一个机关里，来了一堆另类模样的人，热热闹闹的，大谈文艺的自由与策略。这时，吴世平领着一个军人进来，年轻帅气，制服整洁，脸上泛着毕业生的青涩，浑身却有一股正面人物的贵气，有点像洪常青，反正跟四周这些阴郁的牛鬼蛇神是很有反差的。吴世平介绍道，他叫潘家柱，解放军某外语学院研究生刚毕业，自愿加入我们协会，正在研究和引进海明威。大伙儿鼓起掌来，年轻的我也在鼓掌，仿佛看到年轻的黄珂也在鼓掌，他那时是长长的嬉皮士头发，浓眉大眼的，俊气逼人。而再看潘家柱，他语无伦次地说了一段话，挺高调的，忘了他具体说了什么。只记得他说完，挺身立正，给大家敬了个脆响的军礼，还是那种注目环顾式的。二十多年了，甚至在孤悬海外的日子里，我会偶尔想着这个场景的。不知为何，觉得它美。

也不知为何，黄珂其他都忘了，却也没忘记那个军礼。他甚至也跟我一样，忘了我们曾经见过面，喝过酒，一起跟共同的朋友玩过一段光阴。而此刻，浮生里一小星点的通幽，唤起了一片悠远。他说，来嘛，喝杯高山酒嘛——我倒也听明白了，连声说，来来，喝杯流水酒。喝完，他就去睡了。

我和张枣的个人感情非常好，彼此之间，一个眼神就能心领神会。他内向、敏感、心思细腻。彼时他常奔波在中德之间，每次都不忘带回来德国奶酪、香肠和各种啤酒，跟我一块儿分享。这种难得相聚的喜悦，只有好朋友才能体会到。

二十世纪八十年代初，我和他都是文学青年，以写诗为伍，诗歌是那个年代最热情可信赖的交际方式。那时候他在川外读研究生，大家聚到一起，搞一个关于文学的活动，然后喝喝酒，吃吃火锅，彼此只不过是一个晃动的人影，一晃而过。他八十年代末就去了德国，偶尔会有一点点联系，直到他去世的前四年我们交往异常频繁起来，举杯的日子总过得很散漫而愉快。他回国是因为教育部和几大部委联合在海

● 柏桦、张枣、钟鸣、欧阳江河1988年于成都四川工人日报社宿舍前,肖全摄

● 著名诗人张枣、中央音乐学院作曲系主任郭文景、民间思想家王大迟、黄珂

外招募各个学科的领头人,那时他在德国大学当教授,后来就去了中央民族大学。我们两个人相处日久,总觉得有特别说不清的投缘,也许很多相类似的过往起了作用,后来已经到了无话不聊的程度。不像很多人,聊一聊就觉得在哪里卡住了,进行不下去了。

在北京，我和张枣几乎无话不谈，从德国哲学一直到诗歌，还掺杂着个人的些许隐私。我算不上诗评家，也不是作家或诗人，读的诗也有限，比如我曾经喜欢杨炼早期的一些诗，这事我还和他专门讨论过，当年他发表的那首《诺日朗》的长诗，我喜欢诗中强烈的男子汉情怀，很雄性。杨炼自己则不以为然，说那时候的诗人喜欢相互比着去追求大而空的东西，来自荷尔蒙式盲目的夸张，掩盖精神的浅薄和贫瘠，"只是一些冲动，再加一堆大词儿，吓吓人而已"。

但我可以断定张枣是一个纯粹的诗人，有人说他是中国的"荷尔德林"，他对创作挑剔到极致，发表的作品也少，我喜欢其中有古典诗意的部分，比如那首绝响《镜中》：

只要想起一生中后悔的事

梅花便落了下来

比如看她游泳到河的另一岸

比如登上一株松木梯子

危险的事固然美丽

不如看她骑马归来

面颊温暖

羞涩。低下头，回答着皇帝

一面镜子永远等候她

让她坐到镜中常坐的地方

望着窗外，只要想起一生中后悔的事

梅花便落满了南山

这是张枣创作《镜中》的原始手稿

那是他一九八四年秋天写的。用的是一张"重庆钢铁工业学校公用笺"的纸，现存柏桦之手。他曾在《黄珂》那本书上告诉我：而写诗是需要高兴的，一种枯坐似的高兴。好像R.弗洛斯特也有同感：从高兴开始，到智慧里结尾；或者可以说，从枯坐开始，到悠远里结尾。

他的诗歌跨越了传统汉语的维度，有着人性共通性，或者是情感的通感，而且他语言的技巧也是如此，使用纯熟，像工匠一样精湛，那深切的悲怆和感伤超越了语言的界限，这可能是我浅薄的见解。但他终究没有突破生活的困境，包括生命的局限。

我喜欢的诗人还包括四川的"莽汉"诗人们，他们以彻底的游戏态度，粗鲁地颠覆着语言的规则，完成精神透彻的反省，是一群强悍而快乐的朋友们，我欣赏的是他们毫不犹豫地彻底摆脱了虚伪，一直保持着生活中的狂欢。

张枣得病的事我知道得比较早，因此还特地给他推荐过一个国内有名的呼吸道专家，因为他咳嗽得厉害。回德国的头一天，他还在我这里喝啤酒，一切如常。走了之后，偶尔还会给我发一个短信，最后一个短信写得像首诗，讲的是流水席上的一个场景，大意是讲述我的一位诗人朋友，嗓门很大，兴奋时还张牙舞爪的。有一句说他越来越走向足够的静，"静到无处下脚"。张枣一点也不喜欢吵，平常表现得也很安静，淡淡如水。

也许，诗人的忧郁症是天生的，过于闪亮的灵魂一定带着残缺。我们非常能理解，他在德国由于文化的隔阂而产生的痛苦，例如德国那种强迫症式的井井有条，要求每个人如时钟一样准确，肯定有人甘之如饴，而诗人则不堪忍受。

张枣做事很认真，有时他会带着研究生到我这里聚餐，可以看得出来，他对学生非常上心，甚至可以说是不厌其烦。有时候，酒喝到一半，他起身说得回去备课了，我当时还惊讶地问他，讲诗歌和比较文学已经这么熟悉了，还用得着这么费劲吗？他笑了笑还是走了。当时他还为德国的一家出版社编了一本词典，是为二〇〇八年奥运德国体育代表团专门准备的，有时候他碰到不太明白的地方，还和我仔细探讨过。

他的厨艺相当不错，有机会就下厨炒个小菜，比如辣椒小炒肉、炒猪肝什么的，都是他的最爱，原材料来时就买好了，然后自己就到厨房忙乎。大概是在德国待久了，他很喜欢喝啤酒，每次从德国回来，都会带几罐精挑细选的啤酒过来。想起他从前很英俊的样子，瘦削，留着一头长头发，而如今头也秃了，就如同看见自己的翻版，长头发的那个年代真的很酷，很纯真。

成都的柏桦和他交情极深，他写的纪念文章最为深刻。还有民族大学的教授敬文东，他的那篇访谈录《只要还有中国人，张枣就会被记住》中这样说道："他长期待在国外，所以他保留了有趣。张枣是一个享乐主义者，非常快乐，他不跟中国诗歌圈打交道，他不是认为他们写得不好，而是认为这帮人不好玩，他有他的圈子，我也参加过几次他们的活动，很好玩儿，都是吃喝玩乐，他是一个很快乐的人。"所说那个圈子其实就是说我这里，其实张枣在这张饭桌上遇见的诗人还是不少的，比如二毛、万夏、芒克谁的，当然他的话题转为日常化，跟二毛在一起，就喜欢说怎么炒菜，跟好喝酒的人就讲酒，什么都能聊。至于享乐主义这一点我不否认，很多悼念的文章写他那么痛苦、悲凉，在我看来倒没那么沉重。我这四年当中，至少相当一段时间他处在"醉"与"甜"之中，何况他有足够的幽默感。短暂突袭的抑郁症不那么要命。

他搞的是比较文学,不喜欢夸夸其谈,有股单纯朴实的劲儿。他是德国特里尔大学文哲博士,后来在图宾根大学任教,他所在的大学是德国当地最好的,相当于美国的哈佛大学。当时只有两个华人被聘为教授,一个是理工的,文科的就是他。他很少谈及他在德国的学术生涯,估计比较乏味。他会提到在欧洲诗歌节,或是到法国巴黎与某某友人见面,他只想说些有趣好玩的事儿。

喝酒他也不放纵,喝几瓶以后,觉得不能喝了,就再也不喝了,很少见到他喝到不能自已的程度,话也不显多,即使兴奋也是克制的,不知是不是来自德国的塑造,还是因为过于理性。如果是这样的,理性克制与诗人的感性是撕裂的,也能说明那身上无法磨灭的抑郁吧——算是我的瞎猜。

张枣去世后,柏桦写道:"我将一遍又一遍牢记这一时间和地点:二〇一〇年三月八日凌晨四点三十九分(北京时间),诗人张枣在静穆的德国图宾根大学医院逝世,年仅四十七岁零三个月……他或许已经完成了他在人间的诗歌任务,因为,在他生命的最后几年里,他干脆以一种浪费的姿态争分夺秒地打发着他那似乎无穷的光景。"

其实,谁又能真正洞穿过谁的内心呢?我和张枣深入地交往不是因为诗歌,但因诗歌而起,我们更多的是因为吃吃喝喝,以及漫不经意的聊天。甚至有时觉得有愧于他的是,很多与他相关的记忆已经模糊不清了,看惯了悲欢离合的我无法做到足够的伤感。后来我觉得,要做一个纯粹的诗人,对生命而言并非吉兆,因为诗人的灵性一大半来自疯狂和死

亡，而我们正常是因为我们足够平庸。

这间屋子里曾经落满了诗人重叠的影子，好在大多数人已经被生活迅速征服了。有好多人不能够再叫作"诗人"了，不管到什么时候，真正的诗人还是不多。

张枣喜欢吃喝，做饭很细腻也在行，喜欢动手弄吃的。有一段时间，他干脆搬到我这里住，有时一待就一两个礼拜，然后出门教一两个礼拜的课，再返回，如此反复。后来他出去租了间房子，也特意选在离我比较近的地方，就是为了方便见面吃喝。再后来他买房子，也离我不远。

再扯得远一点，他第一个老婆是德国女人。那时他还是四川外语学院的英语系研究生，对方是德国外教，一位标准的金发女郎。他经常会翻院墙秘密到专家公寓和女老师约会，最后他们还决定结婚。这冒险而大胆的举动，在当年是件绝对轰动的事情，像是一个诗人的任性所为。更离奇的是，为了合法获得婚姻，他们竟然给邓小平写了一封信，居然还得到了允许。但仅仅两年，两个人就离了婚。有人说酒和女人，是检验诗人的标杆，用婚姻检测则更加准确。

他的忧郁是天生的，不少朋友说，是刻板的德国影响的。照这么说，德国岂不成了疯人院。张枣一直在德国待着，包括后来再结婚生子，都在德国。他写过自己的孤独感：

凭窗望去，街坊上有了动静，德国日常生活的刻板和精准醒了：小男孩背着书包走过，一个职员模样的中年人走过，脸上还有被闹钟撕醒的麻木，你知道他们是去街尾赶公车，而公车的时刻表精准到分钟，完全可信赖，也足以惩罚散漫者。所以，不用时钟，你看见谁走过，看熟了，也就知道现在是几点几分了。他们的腿甚至像秒针般移动……一切都那么有序，一眼就望到了来世，没有意外和惊喜，真是没意思呀。

他的老婆在德国带着小儿子，他带着个大儿子回国。他大儿子从小就训练弹钢琴，在各地演奏，后来突然拒绝弹琴，他为此非常头疼。这些琐事对他都有影响。

其实，他在德国的孤独感，早就有了。他回到北京，一样未能改变他的忧郁症。每当他一个人面对着黄昏来临，就是忧郁症袭来的前兆，他需要一杯酒迅速镇定一下，便会急冲冲赶到望京来找我，酒桌和人声冲淡他内心顽固的嘈杂和疼痛，所以，他需要甜和性感。

张枣本质上还是一个诗人，而且毫无疑问是当代最优秀的诗人之一。虽然我从他的诗领会到自己中意的诗意，但我就不谈他的诗了，很多人都谈过，更专业更深刻，这方面的评价我完全不在行，惹人笑话。但至少可以这么说，他回国以后的四年里过得是快慰的，是我把他拉进了世俗的快乐之中，以至于周围朋友的评价，张枣最后的那几年，如果大量时间都出没在我这里的话，能够延长他的生命。

某一天晚上，我一帮朋友从美国回国，来我这儿做客。张枣上完课后，还像往常一样，匆匆忙忙地赶来。那一帮人刚刚落座，张枣随后坐在他们对面，突然间，他和对面一位女士同时大叫起来，原来他们三十年前就认识，没想到在这儿重逢，一眼就认出了对方，那天他们聊到很晚。第二天张枣才告诉我，她曾是他三十年前的恋人，当时那个女人在成都读书，长得很美，而他在重庆读书，两个人相恋，而且商量着私奔……最终爱情无疾而终。

在我这里经常发生这样的故事，好朋友几十年不见，突然在我这里相遇，已不算什么奇事了。

爱情充满玄机

> 她们三三两两地来到黄珂家主要是品尝美食，顺便展示其美色，看能否俘获老单身汉老黄以及他身边的老帅哥和小帅哥。男人们也趁机潜伏下来设置艳遇，在酒桌边布满爱情的机关。
>
> ——《黄珂》

一般而言，个人的男女私情很难说得出口，尤其是真实的。

我是下乡之后进入了青春期，但是在那个清教徒的时期，当时很清楚，绝不能在农村谈恋爱，一旦恋爱结婚，就意味着永远驻留在那里，再也出不来了，所以碰也不敢触碰。再者，我对真实的男女之事一无所知。

出自自然本能，性意识是与生俱来的。我还是小学生时，就对男女之间的事儿隐约有些醒悟，但是论到具体又不知所以然，你会从泼妇骂街的脏话里领会点什么。在意识之中，性是肮脏的，偷偷摸摸见不得人的。记得我还曾经与一个小伙伴严肃地聊起伟人有没有男女之事，否则他怎么会有孩子。于是我们得出结论，男人和女人关在一间房子里面，女的就会受孕，就会生孩子，这样的解释就不会破坏伟人的崇高感了，对父母也是如此。对性的认识，那个时代的人一定最早是从骂街的语言里面体会到，何况重庆的骂法非常丰富多彩，当时我还在想，骂人为什么一定要有性内容才算恶毒有效呢？

我所提到的重庆大杂院里那七个漂亮女儿，对我们这些同住在一起的男孩而言，绝对是性意识的直接启蒙者，她们的身体每天都在你的目光中浮现，伴随着我们的成长，像脸蛋、胸脯、大腿之类女性生动的肉体，从生理方面而言，带给我们难以言传的诱惑和想象，而我一直处于这种混混沌沌的状况之中。女人是什么？性对一个人意味着什么？这也许到现在也不能完全得到确切的答案。你从他人的嘴里得到的不同的解释，都是非常个人化的。

那个时候，从家长那里你根本得不到任何这方面的教导，他们会说"到结婚的时候你都会懂的"，估计他们自己一生也是茫茫然度过的，一生之中不是什么都要搞得那么清楚。由于整个社会都处于一种清教徒的气氛之中，一切只能靠自己去摸索去领悟。

从另一方面说，环境对人的塑造确实是强大的，采取完全约束的好处就是，你不会想得过多，烦恼似乎也随之减少了许多。而且那时人天天处于饥饱之间，无暇去思索更多的东西，不是吗？当然，欲望完全释放出来，对一个人也并非好事，朴素而简单地活着不也挺好吗？所以有些宗教干脆完全禁绝性欲，大概出自"万恶淫为首"的原因吧。

对我而言，饮食和性都是自然之道，怎么也算不得丑陋，是人最基础的本能。

好在至少那时我并没有感到压抑。

第一次被女性真正触动是上了初中，至今记忆依然清晰如新。她是我们的班长，长得高挑出众，腰身柔软，眼睛明亮干净，皮肤光洁，身材比我还高一些。看到她，心就颤动几下，就是那种似乎很单纯的吸引，当然暗含着性的意识，算是第一次的暗恋，总之是含糊不清被强烈地吸引着。

我直到从乡下回来后，才真正开始了第一次恋爱，对象就是我女儿的母亲。她比我大两岁，是我们单位医务室的医生，那个时候一切都比较正统简单。后来想一想，我那个时候急于结婚，是因为非常强烈地想拥有自己的家庭，早点摆脱与父母共同生活的日子。因为我父母从我十几岁起，就开始闹离婚，热吵冷战不止，持续了相当长的时间，而那个时候想要离婚非常艰难，他们已经是四十多岁的人了。他们闹得最厉害的时候，母亲正进入更年期，反应极其激烈，两个人闹得不可开交，家庭的气氛自然是极度压抑和愤怒的，一颗火星就能点燃。

我那时候的唯一愿望就是，独立成立自己的家，从这个濒临破碎的家庭脱身而去。于是，我工作后，等一切都稳定下来，就迅速恋爱结婚了。恋爱的形式也是那个时代特征的，看着人还不错，就做了决定，也没有更多的想法。结婚后，两个人也迅速进入了冲突期，这一切缘于两个人的性格兴趣大

相径庭。我这个人似乎天生地讨厌过多的约束，而婚姻本身就是相互束缚的，而且约束是时时刻刻的。再加上她从小受革命传统教育长大，刻板而倔强，比如我与朋友多接触，她都会有意见，而朋友在我的生命中是很重要的部分。时间一长，分歧难以调和，在女儿五六岁的时候，两个人就正式离婚了。对我而言，这样的结局是必然的。

到了北京以后，虽然心理上还是想有一个陪伴的人，但没有强烈到非如此不可的程度。离婚后也陆陆续续结交了几任女朋友，也动过成家的念头，但由于种种的原因，始终没有走入婚姻。对我而言，那是一个节点，重要的是，几乎没有哪个女人愿意陪我过这种生活，陌生人随时登堂入室，屋子像是为外人提供的，很少有自己私密的生活。可能还来自我对第一次婚姻失败的恐惧。婚姻是反对个人主义的，一个

天性自由的人陷入其中，必定是苦不堪言。有人乐在婚姻中，享受着男女稳定长久的关系，而我肯定相当长一段时间不做他想，但我无法断言，某一天可能会再次步入婚姻，一切随缘而已。

爱情真的会有时限的，到来时激情澎湃，妙不可言，但必将会冷却下来，那只是时间迟早的事。一旦冷却下来怎么办？对方接受不了这个现实，自己也觉得伪装很难受。如果冷却之后，两个人还选择生活在一起，那肯定是违心的。有时我真的不敢再谈恋爱，似乎结局基本是一致的，无法逃避的。

以我的经验，爱情肯定是存在的，而且相当美妙，也有可能化成诅咒，那种感觉某一天一定会消失殆尽，所以艺术家会让爱情以死亡和悲剧终结，留下了永恒。谁又能超越人性的限度呢？这可不是悲观主义。

乐天派的父女俩

一夫一妻制的婚姻是农耕文化的结果，农业社会需要一种稳固秩序，这种秩序保证你的血缘传递，保证基本的生产单位。而现在已经进入了互联网时代，离婚率已经十几年递增了，大家越来越多地反思婚姻能给我们带来什么。我个人认为首先是生物基因的传递，孕育后代，像我有了女儿，也算是把我的基因传递下去了，我们生物任务已经完成了。

如果我再结婚是为了什么呢？或许你会说，生活上能够互相照顾，但假如你有支付能力，能雇来保姆、专业的司机和厨师，得到照顾是很容易的。说到底，再婚还是为了解决情感的问题，如果真的有一个人能够和你心心相印，说得玄一点，叫作灵魂伴侣，可以进行很深的情感交流，可能这才是我需要的，恐怕每个人都是需要的。但是要达到心灵层面是很难的，说到底，不管是在婚姻里外，人最终是孤独的，再好的爱人也只是陪伴。爱情转化成亲情算是最好的结局了。

尽管我内心足够坚强，但是有时候夜深人静想一想，也许某一天我会遇见这么一个人，让我时刻感觉到爱意，让我感觉到被爱的丝丝甜蜜，那是别的情感无法替代的，这当然是一件美好的事儿，一件幸福的事情。我在爱情当中属于被动类型的，有时候会莫名其妙地保持一种自尊，其实自尊是很可笑的。好在我给别人的感觉，是一个比较靠谱的人，所以曾经有不少女人愿意跟我交往。

落花流水，风月无边

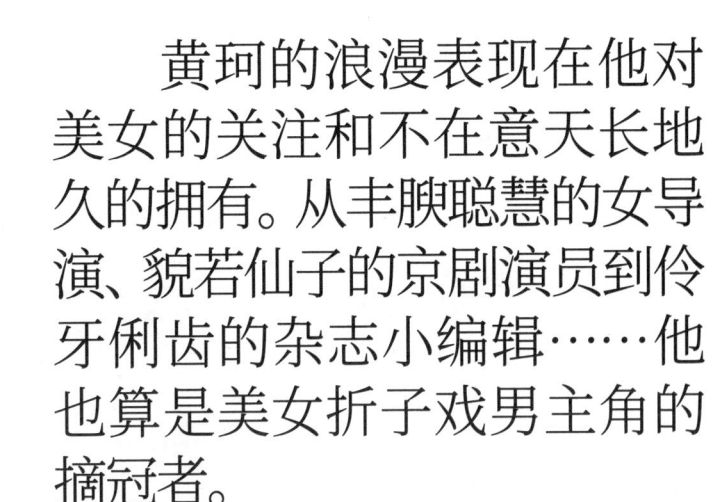

> 黄珂的浪漫表现在他对美女的关注和不在意天长地久的拥有。从丰腴聪慧的女导演、貌若仙子的京剧演员到伶牙俐齿的杂志小编辑……他也算是美女折子戏男主角的摘冠者。
>
> ——阿野

很多媒体都会提到一九九三年我发生的那场车祸,说我任由别人到自己家里吃饭,是因为我在车祸中大难不死而大彻大悟,把一切看空,这么说真的很荒唐,悟性这东西不是一瞬间完成的。

发生车祸的时间正好是春节,我去海南游玩。那时正和一个女孩子热烈交往。那个女孩是江苏人,学黄梅戏的。人长得极其漂亮,皮肤白皙,比我小十多岁,她是真心喜欢上我,这一点我再清楚不过了。在爱情上,我一直坚持两个人是真正由于情感的吸引,而不夹杂其他因素,比如说物质、地位等因素。她爱我并不是因为我那时发了些财、身边有一批有影响的人物,纯粹就是男女之间的吸引。

也就是说，处在热恋中的一对男女一起在春节期间到海南度假散心，结果遭遇到一场意外的车祸。

那是大年初一的中午，一个当地的朋友带着一个司机拉着我们，从海口出发去三亚，我还记得那辆车是皇冠3.0。车快到三亚的时候，时间已经是下午了，那辆车突然间失控冲上一个坡顶。后来才了解到，那名司机看路上有一群小孩在点鞭炮，下意识地急刹车转方向避让，因为车速比较快，差不多120迈以上，车瞬间开始翻转起来。那个时候车还没有防抱制动装置,于是,车就开始顺着公路翻转下去了。后来在场的目击者告诉我们,大概翻了十几个滚,最后车底朝天落地。车第一次翻转时,我的头就一下子撞到车顶棚,两眼一黑,昏迷过去,就什么都不知道了。

当车落地时,我又马上苏醒过来了,车里除了我没别人。因为我那时候比现在胖很多,半个身子在车外面,半个身子在车里面。我醒来时的第一个念头竟然是,美国大片中最常见的翻车镜头,车不管翻得多么厉害,车上的人都没事儿,我想我们肯定也都会没事的,真就是那么想的。于是我的第一个动作竟然是,伸手拿起身边那台小摄像机,我喜欢摄影,还想着把这个意外的场景录下来。车上录音机居然还没有摔坏,还在坚持播放着那首美国乡间歌曲Take me home country road,现在想想,有点嘲弄的寓意。

当时车子肚皮朝上,其他三个人不知所踪。我挣扎着从车窗里面爬出来,当时并没感觉到疼痛。从车里爬出来以后,才发现人站不起来,两条腿都骨折了。远远地看见,他们三个人掉落在不同的地方,都离得很远,可能第一次翻转时,他们就已经从车中被甩出去了。当时我动弹不得,但心下还残存一丝侥幸,想着他们只是受了伤,暂时摔晕了,肯定还活着。

初一的下午,来往的人很少,周围的一些农民就围拢过来,都是当地的黎族人,但是他们都不愿意上前救助,喊他们来帮忙也没有用,大概是因为怕初一就碰到受伤的人晦气。等了很长时间,山上有一个卫生院,院长听到山下出车祸了，便带人抬着几副担架过来了。

我远远地看着女朋友，上一刻她还依偎在我身边，与我有说有笑，此时不知是生是死躺在地上一动不动，而我则因为双腿骨折，无法动弹，眼睁睁地看着她躺在那里，直到后来被人抬走了，那时已经意识到她伤势严重，但还想着能抢救过来，没想到这竟然是我看她的最后一面。

因为四人中我是伤势最轻的，有限的几个人都全力去抢救三个重伤员。当时女朋友颅内大出血，还从海口专门请来专家动手术，但还是于事无补了，人没能抢救过来。他们随时把救治的情况告诉了我，当然我心里悲痛不已，可是当时连站都没办法站起来，没办法为她做任何一点事儿，到第二天人就没了。她的父母随后也赶过来了，人就在当地火化了。我因为无法下病床，连她的葬礼也没能参加上，就此永诀了。

我那时候左腿腓骨骨折，右腿髌骨骨折。乡镇卫生所条件有限，医生们都忙着抢救三个重伤员，把我扔到病房

里，没吃没喝，无人照管我，断腿只是暂时用石膏固定住了。后来征求我的意见，我多少有点儿经验，决定回北京去做手术，于是联系了北京的朋友们过来接我。春节航班不正常，拖了几天以后，卫生所派车把我先运回海口，在海口待了两天。等北京的朋友过来后，又把我运到了机场，抬上了飞机。

那个期间，我一直迷迷糊糊的，感觉自己做了一场梦，一切都那么不真实，尤其不相信自己的爱人已经没了，恍恍惚惚，心情低落消沉。要说从这次灾难中悟到一点什么，那就是人生无常如此，我们谁也不知道下一分钟会发生什么事儿，更不要说第二天了。我觉得要真正地珍惜当下，即使这个当下也不确定。

我对她的伤痛之情很久才缓过来。那个女孩长得非常动人，黄梅戏唱得优雅悦耳。那个时候，她就职于北京的一家外企。说来也奇怪，我的几任女朋友都是演员、歌手之类的女性。可见，小时候形成的心理模式影响是巨大的。我发现她们身上总有一种跟一般女人不大一样的地方，毕竟需要登场表演的人，气质和才艺比一般人强一些，比如姿势、歌声、舞蹈等等，天生有打动人心的力量。

当然也有不同的，我曾经和一名女律师相处过一段时间，我们两个完全是两条路上的人。我这个人随性惯了，在与她相识之前，一直很少非常理性地来判断一件事情，做事就凭着感觉，散漫而轻率。但自从与她相识后，从她的身上学到不少东西。她是一个相当冷静而客观的女人，给我做了很好的参照。当时是因为处理公司与楼主关于房租的纠纷，也是朋友的介绍，她受聘参与了其间的各种谈判，她总是滔滔不绝地给我进行各种各样的分析，逻辑清晰得令我惊奇：一个柔弱的女人怎么会有这么强大的理性？

通常，我会对这类女人望而却步，女人就是女人，女人感性，那是她们的天性，但我还是被她强大的理性折服了。她毕业于中国政法大学，不仅在法律方面，在对事理的剖析方面，她对我的影响也非常大。我和她相恋证明了人会被相反类型的人吸引。我们在一起生活了几年，后来还买了房子。

两个人最后分开的原因还是性格和追求的不同，爱再强大也改变不了一个人的个性。那一年，我的哥哥嫂子来看望我，就住进我们买的房子里。有一次我开着她的车带着他们出门逛街时，没想到她会因为这件小事发火，而且对我的家人很不礼貌，加上两个人长久以来的积怨，因为这件事情全面爆发了。我一气之下，就带着哥哥嫂子搬出那所房子，彻底和她分手了，对她和我而言，都是一种解脱。

后来经人介绍，我又认识了一个京剧演员，还是一个名角。她是上海人，在上海京剧团里面唱花旦，名头相当不小。那时正好是非典时期，朋友觉得我们俩挺般配的，就着力撮合。我们在电话里聊得很投机，于是她特意从上海飞过来见我。初见面的晚上，我记得很清楚，吃完晚饭后，大家都邀请她唱一段戏。为此，屋子里特意点了蜡烛，她现场就清唱了一段，唱的是《贵妃醉酒》。她唱功了得，一面唱，一面还拂水袖，姿势优美极了。我们俩一见便情投意合，于是她就留下来了，一起生活了一段短暂的时间。但后来由于她家庭的事务的干扰，原因也不好细说，两个人还是分开了。

还有一次比较深的感情，是与成都的一个女子。她是学音乐出身的，后来在电视台做主持。我们是在成都相识的，认识之后，彼此聊得来。那个女子很活泼，有着难得的幽默感。一个人身上带有幽默感，说明她自立成熟。她不管什么时候都嘻嘻哈哈的，与她相处的时光是非常愉快的。她离了婚，自己带着一个小女儿。她那个时候才三十岁出头，下定决心要和我一起生活，于是开着车、带着孩子，来到了北京，她的确是一个有勇气的女人。来了之后，就在我旁边租了一所房子安顿下来。

做这个决定，她是下了很大决心的，我们也确实到了谈婚论嫁的地步。来了之后，我们相处得一直挺快乐。我周围的很多朋友都见过她，都喜欢她活泼开朗的天性。待了大概半年多，因为孩子的问题我们发生了冲突。有一次，她的孩子在广场玩儿受了伤，她很着急，我们便因此争吵起来。再加上她的孩子马上面临着在成都还是北京上学的问题。最后她觉得，为孩子未来考虑，还是回到成都好，孩子也闹着要回去，纵有万般不舍，为了孩子，她还是选择撤回去了。

后来我反思这如流水一般的情感过往，难道是我独取生活戏剧中的繁华和精彩，难耐俗世生活的尘灰和琐碎，有情还是无情？戏里还是戏外？难分清楚，这是流水席的宿命还是我的宿命？

生命欢喜就是我的宗教

> 凡我眼所求的，我没有留下不给他的；我心所乐的，我没有禁止不享受的；因我的心为我一切所劳碌的快乐，这就是我从劳碌中所得的分。
>
> 后来，我察看我手所经营的一切事和我劳碌所成的功，谁知都是虚空，都是捕风，在日光之下毫无益处。
>
> ——《圣经·传道书》

我也搞不清自己为什么有这么大的宽容之心，可能是祖上传下来的基因在起作用吧，年纪越大你会越理解这一点。命运这种东西就像你的习性一样是天生的，基本不可逆转，孔子说，五十而知天命，并没有说谁能改造命运，能够了解已属不易了，所以一个人的人生，不过是顺来顺受、逆来也顺受的过程。

我趋向宿命论的观点，似乎那个名为命运的东西早已定制好的，你所做的只是顺着做就是了。我是那种让人感到放心而感觉自由自在的人，就是因为我不再为什么感到纠结。所以，三十年间，我看到第一个客人和看到第三十万个客人的心态并无太大分别。

尤其到了这个年龄，对人生有了更深的认清，也算一个参悟，就是认识到生命的本体。有悟性，不一定非得有重大的事件或特别的痛苦，才刺激你领悟，恰好你从平静的生活中悟出一些东西，这种认识来得更客观一些，更真实一些。有的人到现在为止还不明白。明白也做不来，也改不了的。

就像我经常提到过的，我对困难的看法。人生当中是你遇到的真正困难，我认为只要能用钱去解决的事情，都不叫真正的困难。而很多人遇见的困难，包括内心受到的刺激和挫伤，基本来自物质，我相信绝大多数人都是这样，这是一个物质主义至上的年代。但是我觉得肯定不是，因为外在的物质，只要不傻不笨，肯用功努力，总是或多或少有办法获得的，只要你不是过度贪婪纵欲。而情感上的丧失，或者是健康出现了故障，是无法寻找到弥补的方法的。所以对我而言的障碍、缺陷和困难，就是比如和兄弟姐妹发生了分歧，与情人分手了难以挽回这些事情，在俗世中我看中人与人之间的情义。至于交朋友、吃吃喝喝这些，都是太小的事情了，我毫不在乎，不管什么样的人来了，或是今天晚上多了几个人，少了几个人，或者是今天没人来，实在不值一提。

我到底还是一个俗人，只是现实中的取舍有所不同。我比较认同佛家的一些道理，不管发生了什么，都是自然的安排，也是最好的安排，这便是人世间的常态，不遭遇到困境的人生基本算不上是一个圆满的人生。所谓的圆满不过是个态度问题，是个认识问题，正如佛经所言：如见境而惑，随缘而移，受所缘境，入于颠倒，非正受也。也因此对生活有超脱的意识，顺逆皆是因缘的摆布，接受就是，别对着干，因此朋友们像水一样流过来了，我顺其自然地接纳了他们，就当是一场场为了告别的聚会，人走了，风平浪静，不留痕迹。正如《菜根谭》所言：会以不期约为真率，客以不迎送为坦夷。

如此这般的顺势而为，所以我自己心态也舒服，不觉得丝毫的别扭，不像是非要处心积虑地琢磨和钻营，这样的事情做出来一定相当无趣，无心之为才是轻松。不少人很纳闷，几十年这样始终如一，开始可能刺激有趣，长此以往，我不觉得烦吗？我说，这就是我的生活啊，正如你上班做生意一般自然，有什么好烦的呢？吃喝玩乐本来就是人很自然的生活方式，我只不过把它搞成常态了而已。

我不是神秘主义者，只相信自己实实在在用心体会到的东西。大概在我这种理性主义者的眼里，生活并无多么高深奥妙之处，一点点不可思议的东西仅存于爱情和艺术之中，好些朋友说我身上有说不出的清淡，不是很释放很激情。我没有专门潜心研究过佛教、基督教、道教，既无皈依又无修行，讲得太多了，一定沦为笑谈。

来到这张饭桌上三教九流的人真的络绎不绝。稍作观察，便可以发现道士和活佛有很大的不同。我说的活佛是真正有名有实的高僧，白云观和九华山有名的道士都来过，包括西安的全真教梁兴扬道士，这些人更多的是在讲修炼之术，包括养生之术、健身之术，还有他们自成一派的武术。有一次，三个道士在客厅里给我们大家表演了一套拳法。我发现，他们身上的那种超凡脱俗的东西少一些。我感到，宗教一落入中国，便与俗世纠缠不清，也许中国人身上确实缺失宗教基因，无法摆脱现实功利化。

而那些活佛身上展现出另外的东西，他们从小就开始去寺庙里面受教，传承一直没有中止过，他们的生命更接近本质，无处不透露出佛法与现世融合的色彩。与他们相处，你会觉得平庸乏味的生命可以得到转化，而艺术的转化是有限的，而且通常通向绝望。滚滚红尘他们早已看破。

我曾经不止一次受邀参加过基督教的家庭聚会，听他们唱诗、祷告、讲经，还包括参加教堂的活动。我虽然无知，加之悟性有限，但对待宗教还是相当敬重的，不管佛教也好，道教也好，伊斯兰教也好，基督教也好，我都认为是人类精神层面的探索，那是对心灵有要求的人的真诚所为，经过上千年的历练和追寻，有如此之多的信众，岂是我们这些门外之人能轻易理解评判的？不管是哪个教派，都是劝人向善，并且让你正确面对生死问题。这正是俗世难以解决的缺陷。

不管基督教的天堂地狱之说，佛教的生死轮回，还是道家的修身养性，伊斯兰教的生死观，每一门宗教都有发人深省的地方，都是人类精神生活的结果。尽管我没有去信奉哪门宗教，但我知道人断断不能没有宗教感。所谓的宗教感，就是你对生命的再认识的过程，从更深更广的角度看待自己的人生，以及周边发生的事件，比如无常，比如因果，比如对爱的理解。

宗教感的心境和诗意感的生活，正是我所看重的，因为这种东西，会使你拒绝世俗间的庸俗功利的一面。而且这一切都要融入生活的细节之中，比如在厨房做菜这件事，事先要到菜市场购买食材，回来洗刷整理，然后用心烹饪，最后出菜上桌，这些细致入微的过程并不那么简单，同样少不了精神的掺入，情感的投射。一旦缺乏这些东西，流水席便失去它内在的品质和精神，变成了一张索然无味的餐桌。

因此说，流水席是有气质的，是一个能量场，它能让一个商人迅速放下算计，让一个艺术家激情荡漾，让一个陌生人除去拘束，让一个官员放下身份，让一个明星自然随意，大家都卸下心防，坦然相对，其乐融融，轻轻松松，所有人平等相待，自由交流，让人回归为人而已。

我不算计，谁又会算计？我不在意，谁又会刻意？抛开功利，一切都好办。如果流水席背后没有宗教感和诗意，谁在这里会受之坦然？正是这一气质，才有饭桌上的亲密和睦，这也是我想看到的场景。所以那位英国诗人说，他怎么有找到天堂的感觉。当时他就是这种感觉。哪怕就是这短暂一夜看到了，也是宝贵的，哪怕第二天又回归你的生活。我觉得这里最重要、最核心的东西，就是宗教感和诗意。不是你刻意去追求，是你做的过程之中，就这么自然产生的，而且我越来越强烈地感受到了。

美食源自饥饿

这道菜是二十世纪七十年代初，他当知青的时候捣弄出来的。有一年冬天，生产队的一头耕牛从山崖上摔下来死了，他用几毛钱买得一张同属"下水"的肚腩皮，连同社员送给他的两只带毛的牛蹄，打理之后，用花椒、海椒、泡椒、泡姜等调料，炖煨出满满一锅，然后去门前自家的园圃里摘来一大把嫩绿的香菜放进锅里，香气弥漫在生产队的上空，然后朝其他生产队飘去。

——二毛

我上幼儿园时，中午发一小杯胡豆豌豆就算一顿饭，晚上回家吃红苕藤。父亲跟哥哥吃一大碗红苕藤，我跟妹妹还有一点米饭，这个印象很深。我们这代人为什么喜欢美食？我想可能是经历了大饥荒年代，对美食特别渴望。那时候能填饱肚子就是很幸福的事情了，那种饥饿感一直延续到后来当知青。美味都是伴随饥饿感产生的。母亲做饭的时候，我经常到菜板上去偷一块刚煮好的回锅肉，什么作料都没有也觉得好吃得要命。我们家住一个大杂院里，厨房都在一起，哪家做什么菜，我鼻子一闻就知道了。美食一定是一种传承，一定是在富裕的社会和家庭里面才会出现。现在餐馆的厨师大多是农家子弟，他对美食没有体验没有想象力，如果还用这种方式培训厨师，不仅是川菜，传统的四大名菜、八大菜系都要断送在这几代人身上。

下乡那个时候我身强力壮，处于发育期，对食物一直处于渴求的状态。因为分配的食物有限，而且单一，饥饿感一直如影随形。比如说，一吃红薯就分你一堆红薯，一吃小麦就给你两袋小麦，别无他物。我必须千方百计变个花样，才不至于让胃肠被一种食物反复虐待。我觉得对人最有效的虐待方式之一，就是给他单一的食品，或是提供单一的思想。

我是知青，一个月供应半斤菜籽油，还有一斤肉票，算是特殊照顾，农民还没有呢。我们分粮食，看的是你挣的工分。那个时候中国农村都是工分制，把你每天干的农活儿折成工分，给你记上账，然后统计一下，根据工分多少来分粮食。满劳力是10分，还有奖励，比如今天活儿重了，就多奖你

1分。如果你的体力上不够满劳力，工分算到8分。10分工分相当于一个满劳力工作一天，大概折算为一毛二分钱。

村里会计会给每个人记好账。一年算下来，比如你一年的工分为250分，分红薯给你扣了50分，分稻谷又给你扣掉80分，生产队的菜地扣一些，还剩20分，那20分就折算成现钱发给你。其实，这套计算方法还是蛮讲道理的。粮食都是生产队自种的东西，它要折价，要折成工分。然后你拿挣到的工分折抵实物。一个生产队有上百户人家，上百户人家的生产资料的分配，都是有专人管理的。

非常庆幸我有过这三年的下乡经历，这是一段非常有价值的生活体验，能够真正深入农村，与农民打成一片。中国是一个农业大国，这个国家大多数的人是农民，拥有的是农村户口，东西南北的农民大同小异，都是农民身份。所以我三年深入这个体系，跟他们共同生活，对我了解真实的中国是有帮助的，甚至对了解中国人也有帮助。

我刚去的时候，当地的农民对我还是排斥的。本来就人多地少粮食不够吃，来一个人又会分走一份口粮，把他们的口粮摊薄了。但这是来自上面的安排，他们也无可奈何地接受了。不过，很快我就与他们相处无碍了，家家户户有个大事小事的，尤其是红白喜事，都请我去饱餐一顿。我做饭的技术，源自小时候打的底子，很快就上道了。当时的主粮就是红薯、小麦、大米。小麦要磨成面粉，村里有个磨房，已经使用电动磨。有人或者干脆把小麦换成挂面。

虽然我们那里生产的稻谷还不少，但一年只能吃几顿白米饭，大多时候要熬成粥，粥能填肚子。那个时候食量真的惊人，比如只有一斤米，我会煮一大锅稀粥，这样吃得饱一些，要做干饭就不够了。粥里还可以加一点儿红薯，掺点儿其他菜，混在一块儿煮，量就更大些。

我们每一个人都分给一块自留地，你可以随意种菜。我特别喜欢种菜，而且种植技术不差，就种了丝瓜、四季豆、南瓜、韭菜、茄子、辣椒什么的，我真的对食物有着天生的爱好。一个月发我那一斤猪肉票，那真是稀罕物。赶场的时候，换回肉也就是一小块，少得可怜，我往往只要肥的，不要瘦的。肥肉拿回来，首先分两半，纯肥的熯油，猪油可以留着炒素菜，猪油渣更是喷香。另一半先煮一下，肉汤就有了，然后把肉再捞起来，切成片，下锅翻炒一下，加点佐料和蔬菜，也就是回锅肉的样子。

二十世纪八十年代在重庆成长的年代，尽管我家里经济条件有限，父母的工资不算高，但他们也经常在家里请客吃饭。我也是很早就开始动手做饭了。后来下乡到了农村，村子里面遇到什么红白喜事，难得有一点好吃的，比如腊肉、鸡鸭什么的，大家就会其乐融融地聚在一起。饥饿让我们爱惜食物，甚至当成某种宗教，外国人的信仰之地是教堂，而我们的信仰之地是粗陋的餐桌。

食物所唤起的美好，至少在那个时期是任何他物不可替代的。所以，这个宴席之乐对我非比寻常，早就在我心里定了型，而且根深蒂固，不可动摇，即使是食物充裕的现在，共享食物和美酒，仍然是别的东西无法替代的。

而且在这种场合中的交流，比任何场所交流起来都随意而美好。大家吃饭交流，多自然和谐呀！大家都表现得很随意。

烦倦就是具体的事儿，那个时候什么都靠自己做，从采购开始，一直到最后处理狼藉一片的东西，那是很烦人的事儿。现在专业化了，清洁有阿姨做，菜有厨师做，我就点拨点拨。我经常嘲笑自己说，我就是总监制，动口不动手。

正常咱们流水席开始了，不是我非得很明确地有一个策划方案，要怎么来做，根本没有计划性。具体原因，是因为一九九九年底，搬到望京来住以后，交通已经开始堵塞了。还有一个现实的问题，就是外面的饭菜确实不好吃，经常犯难，去哪儿吃饭呀，还不如在自己家做。第二个就是我参与的几件事儿，做股东了，不用具体去做一些经营轻松了，有时间了。有的朋友过来交流一下……可口饭菜下去了，第二天再来，我也不反对。他们带着他们的朋友来，我还是不反对，依然做一桌好菜出来，把酒言欢。时间长了就成习惯了。

朋友来，也很喜欢，大家在一块很轻松。时间长了，久而久之，就形成了这个局面。媒体采访我这个问题，说什么时候开始的。我说搬过来就算开始了吧，也没怎么想就开始了。我不喜欢天天在外面吃饭，喜欢吃自己家的饭菜，而朋友们又喜欢跟我一块共进晚餐，有朋友来了，照四川的说法就是多来个人就多添双筷子嘛，仅此而已。在家吃饭这份支出对于我来讲，是完全有能力承担的，不存在所谓负担。

人和人之间，哪怕跟你最亲密的人接触，跟你老婆接

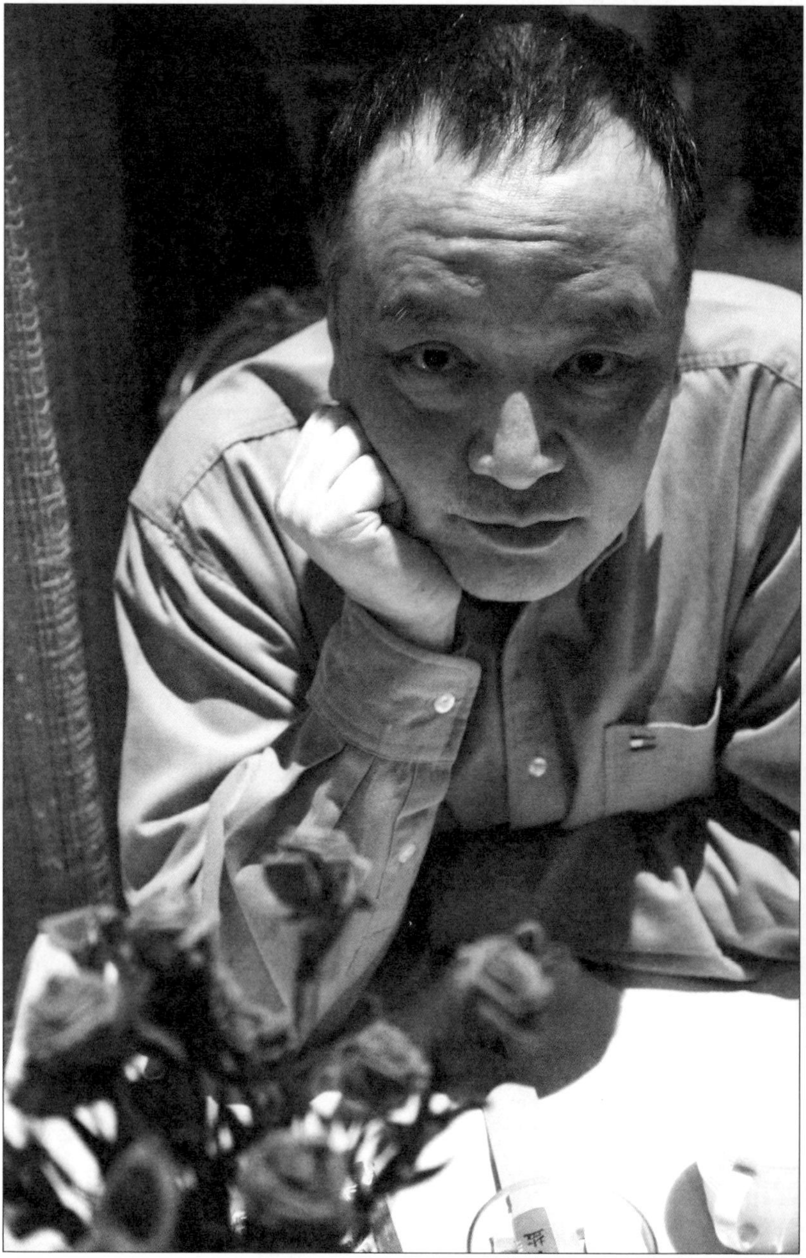

触,跟你的儿女接触,总有一定之规。跟朋友接触更是这样,有一定之规。你得按照这些规矩来办,换句话说就是装。我们每个人身上,都有他天然的生物性、动物性,或者说是野性、兽性诸如此类的东西,但是你得自我克制,自我消解,然后把这些东西去掉,你才能成为一个社会化的人,你才能够跟这个社会正常交往下去,交流下去,这就是你们所说的装。我觉得也不是装,只是看你寻找一种什么样的规矩来约束自己,用哪一条规矩,西方人的规矩?东方人的规矩?非洲人的规矩?

关于家的问题,我这个不称为家,单边的家,一个人这么多年,但是它还是有家的形式、家的感觉。从家常菜开始,让很多男人觉得很温馨,寻找到家的感觉。尤其是大年三十,好多年的年三十我都留在北京没走。没走的原因就是很多人给我打电话,不离开北京的所谓北漂,也有北京的土著朋友,他们都希望三十晚上来我这儿聚。因为年三十这个日子对中国人太特殊了,一定是寻找到一种家的慰藉、亲人团聚的感受,所以过年的时候我这里常有三四十口子人,在北京没有家的人,都跑到这儿来了。

那规模还不小呢。一般都是在这吃了年夜饭,十二点放完鞭炮,守岁,过了十二点吃完了汤圆才会离开。不管来的是什么人,哪怕他穷困潦倒或者言语无状,我都敞开接纳。三十晚上,孤独的人们聚在一起把酒言欢辞旧迎新。而我能给他们哪怕是些许的像家一样的温暖,我就觉得很快乐很值得,真不是装的。

今夜，
谈食物，
还是
谈灵魂？

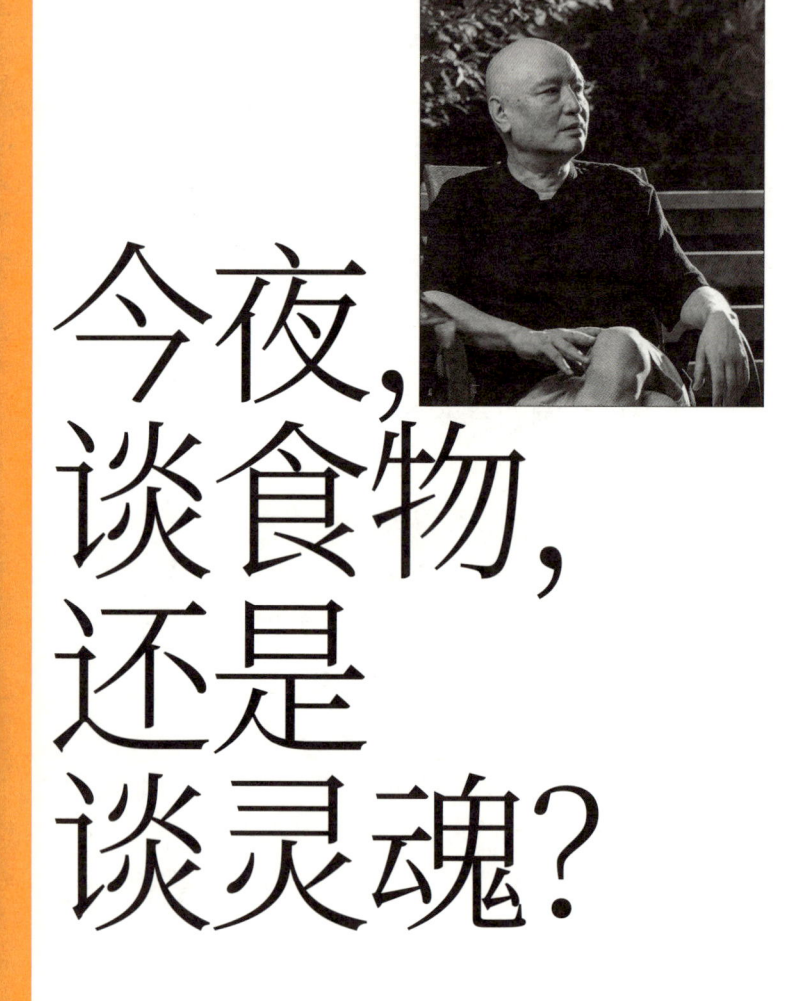

在黄珂的饭桌上，有各色的人，也不乏在桌上三句话内就开始跟黄珂谈生意的。黄珂也会听着，他说他的饭桌上是百无禁忌的，说什么都可以，他就一边吃喝，一边听着应着。

饭桌上什么情况都有，也有喝多了的，还动过手。不过动手的人很快就被众人拉开了，两人还没罢休，黄珂一起身，"啪"地拍了一下桌子："这是我家！"

这一声，企图动手的人才冷静下来，坐下来，继续吃喝。

"有时候我也想，我这是犯什么病？"黄珂突然自语。

——《北京晚报》

并不完美的生命最大的缺陷就是死亡，没有回旋的余地，所以我们才如此紧迫。佛陀就是因为死亡阴影的笼罩，才出家悟道的；基督教为我们找到了天堂，那都是为我们的死找到一个落脚的地方。我无法否认死亡，这才是最绝望的。

从记事开始，死亡对于我就是一件极其恐怖的事情。那个时候家族里面也有过世的，或者偶尔看见周围的人死去的情景……恐惧的不是那个场面，而是人走了的感觉。尤其是睡觉前，意识会滑向那种人不知消失何处的感觉，不，是完全消失的感觉，作为我这个人的消失，周围的世界依然故我地运行，而我不再出现了，想起来就会惊出一身冷汗。宗教也许能让人对死亡毫不畏惧，可是我又偏偏不信。

我曾经有一个小妹妹，比我小六七岁。她患有先天性心脏病，这病现在只需要一个小手术就能治愈，但那时候的医疗条件太差了。她从小就瘦弱，但很聪慧。因为生病无法上学，但她自己看了很多书。我和她的感情挺深的。重庆多山，一出门就要爬坡上坎，她身体吃不消，所以经常出门都是我背着她。为了治她的病，父母带着她辗转北京上海求医治病，家里的积蓄花得干干净净，但最后她还是走了。

这件事对我的打击相当大，有很长一段时间，我一直不相信她真的离去，她似乎还在我身旁，等我背她出去晒太阳、游玩。猛然意识到她真的消失时，我才明白了一个道理，生命就是一个用时间来限定的过程，或早或晚，而我妹妹是典型的夭折，就算她不是过早地离世，但将来也会接受一样确定无疑的结果，我们也毫不例外。生者即死者，人在死亡面前，一切意义都是虚构和伪造的，我们只不过让这个过程好受一点，缓慢一点来到。这种事真不能深刻地去想，结局既然已经确定，就不要太敏感了，否则能怎么样呢？

年纪越大，身边朋友走的越多，各种稀奇古怪的离世方式我都见过。开始的时候会惊讶感叹，但一个人留给人们的记忆是那么有限，偶尔会被别人漫不经心地提及，甚至嘲笑——你以为自己会真正留在谁的心中几秒钟呢？总会有一天，你会彻底从人们的记忆中消失，那真的是死得透彻无比。这是每个人必须接受的，活着，尽可能地喜悦吧，尽可能地痛苦吧，生命给予的东西极为有限。

哪里来那么多不可接受的现实？

小的时候，眺望天空，尤其是在夏天的夜晚，那时候天文知识有限，我就在想，太阳系外又是什么呢？是银河系吗？那么，所谓的宇宙之外又会是什么呢？宇宙的边际在哪里呢？完全不可以想象的。当时就觉得渺小得已经不好意思形容自己的存在。这种由于恐惧感形成的意念重复出现，就会让我变得谦恭起来。我对名利及情感，一直抱持这种较为清醒的认识，我虽然不太喜欢这个有终点的生命，但我还是要认真尊重生命本然的过程，过于纠结和执着，都是愚蠢至极的。再加上青少年时期文学艺术对我的影响也不小，让我认识上更加细微和开阔了。

宗教信徒中，我接触最多的还是佛教徒，各门各派一大堆，偶尔也参加一些他们的法会，听活佛讲《心经》《金刚经》什么的。我有一个多年的老朋友苗子，皈依佛教二十多年了，在甘孜州的白玉县噶陀寺出家，以前在北京做生意，人活得真是飘逸得很，游东游西的，现在又搞起了网络金融，他说，佛法一样能用在生意上，比如麦克尔·罗奇格西做钻石生意，写了那本有名的《当和尚遇到钻石》。

无意间，有一次他在酒桌上说起我办流水席的事。这件事他仔细研究过，认为很多人对我的评价还是过于表面了，不够深刻，没碰触到实质，也许从佛法的角度来说，会说得更清楚些。这我倒没有想过，就问他有这么玄乎吗。他答，你是由着自己的性子自然而然做的，根本不会想到这个。

我当然很好奇佛法上怎么看待这件事情，这或许成为另一个关于我的版本。

一提到佛法，他头头是道地分析说：黄大哥，我打心眼儿里佩服你，佩服的原因就是，我认为流水席里面涵盖了佛教理念所说的六度中的一项，那就是布施。布施，似乎人人都懂，比如施舍一点钱财、一点食物什么的。其实布施分三个层次，第一是财布施，因为你给大家提供食物，不求任何回报。在财布施的同时，因为那里又聚集了各行各业的人，佛教说万物都是法，来到这里的人，在这里都找到自己需要的东西，比如思想的交流、生意上的信息、情感上的慰藉等，这实际上就是法布施了。佛法也包括世间法。也就是说，在这里你不知不觉成就了不少人，你同样也不求回报，这也是一种布施。另外还有一种布施，也是布施最高的一个境界，就是无畏布施，简单来说，就是帮助一个人的时候，不管是财布施还是法布施，对自己存在一定的风险，但是依然出手相助，这就叫无畏布施。按江湖上的话说，叫作为朋友两肋插刀。你经常帮助一些别人，比如落魄的画家、流浪的艺人、生活受重大打击的人。学者王大迟就是一个例子，他最困难的时候就待在你那里，而且一待就是三年，那是有一定风险的，这就是无畏布施。这种布施从不求有所回报，也不在意是不是有一天对方飞黄腾达，只是觉得该帮就帮，根本不在意后果是什么。从世俗的层面，别人一定会认定，你做这件事肯定为了什么利益，凡是世俗的行为确实都有目的性，皆出于私心。而流水席是众生平等，没有张三李四王二麻子之分，并不看私交深浅，一视同仁，这么做其实是很伟大的。

我开玩笑地问，这么说，我是在行善积德喽，一定会有什么福报了？

他回答说，你还真的别不信，从佛法角度说，你行财布施，自然会发财，万事万物有规律，有因果轮回，你经常财布施，一定会得富贵，不仅是今生富贵，来生还会富贵；而法布施的话，你就会得智慧，经常讲法的人，不求回报，而是因为对方需要，这基本就是一个定式，布施了必有回报；而你无畏布施，得到的功德就是长寿，比如战争年代的某个人，因为他救过很多人，即使生活条件很差，也活了很久，因为他无畏布施，不惜生命去救别人，当然，他当时根本没考虑过那么多。所以总结来说，正是你的这些布施，使你不会为钱财忧虑，而且会有很好的寿缘，做人做事更加通达智慧。如果你了解佛法，你会知道因果是确定无疑的，你的行为必然会有回应，否则是真正没天理了。也正是你的布施才让你顺

顺当当地做了那么久的流水席啊,这便是回馈。

我又问他,来了不少高僧大德,说我这里就是人间庙宇,而我就是修行中人,我并没有感到有什么特别啊?

他回答说,他们说得没错。你若不行的话,怎么叫修行呢?即使有再多的真知灼见,若行不出来,也是扯淡。肉身是真理最好的践行者和体验者。如果没有真实的修行,你就是一个学者而已,说得头头是道,最终无益。比如现在人人都说"仁波切",其实仁波切藏语的意思就是如意珍宝,而汉译过来后,便望文生义,理解成了活着的佛,显然是错误的,

● 浸染岁月风霜几十年的黄珂越发云淡风轻

这世上没有活着的佛，只有活着的法。他们只是转世再来的修行人，是行菩提愿，来度人的。关键就是修行，要把你理解的佛法的正量传达给众生，这是件很难的事情。现在假仁波切很多，有些人连经都不会念。现在人人说正能量，其实正能量这个东西是搞培训的人使用的，应该叫做正量，正能量又陷入物质层面了。人人都在说菩提心，其实弄懂的没有多少人。很多人发愿，以后要做个善人，有钱了一定要布施，要修桥造路什么的，其实什么也没做。而比如你我并没有发多大的愿，只是去做，这就叫行菩提心，这事本身也是一种实实在在大的修行。

我继续问他，有人说无法理解我能做了十几年，换作他们，一段时间还可以，日日如此，是不堪忍受的，这事怎么解释？

他回答道：刚才我说了，六度里面第一个是布施，其中还有一项叫作忍辱的智慧，你就做得很好。没有忍辱的智慧是根本做不下来的，十几年来，说坏话的，妄加猜测的，诽谤的一定不少。如果你只听得进人家的赞扬，忍不得恶言，没有忍辱之心的话，早就干不下去了，明明做了件善事，还会有这么多人不理解，心里肯定不舒服，还有些人在这里骗吃骗喝骗信任，都在你眼皮底下发生，一般人肯定忍受不了，原因就是发心不纯正。这是因为你单纯出于行善的念头，根本不在意别人怎么想，所以才能忍。我是一个佛教徒，已经修行二十几年，说实在的，与你相比只能自愧不如，我偶尔还会动火。忍辱是一种智慧，这说明你已经达到很高的境界。

赚钱不是生活的重心

黄珂在农村一待便是三年。"这三年真是太漫长了，刚去的时候我才十六岁，还是个孩子，队里也比较照顾我，安排我跟妇女一起种菜、插秧，基本上都是比较轻的活儿。后来就完全把我当成年劳力使了，真是苦得要命，一直到现在我都认为，天底下再也没有比重体力活儿更折磨人的了。"三年后，黄珂如愿回城，进入重庆财贸干部学校读书，现在这所学校已经并入重庆工商大学。

黄珂毕业后进入重庆医药站工作，这是一份收入丰厚又稳定的工作，但黄珂并不满足，他总以文学青年自居,总觉得自己应该生活得更丰富一些,不能在单位做个默默无闻的小职员了此一生。当时港台文化不断被引进,像席慕蓉的诗,金庸、古龙的武侠小说,都对像黄珂这样思想活跃的年轻人产生了巨大影响。

于是黄珂决定脱离企业,他先在重庆办了份医药报,主要报道行业内的一些新闻和消息,既生动又专业,在医药系统内产生了很大的影响,后来成为国家医药管理局的机关报。从一九八三年开始,黄珂就经常到北京公出,当时报社在北京设有记者站,他作为第一任站长,经常到

八十年代的黄珂意气风发，文艺范儿十足

北京组稿、打通关节。"我那时就觉得北京和其他城市不一样，它有着其他城市所不具备的丰富性，几乎集中了全国的所有优势资源,而且有着独特的社交文化,这都是国内其他城市所没有的。"

一九八五年,黄珂终于和那份报纸一起如愿搬到了北京。然而两年之后,他对京城机关生活又厌倦了,觉得它管理太严。从那时开始,他差不多有一半时间自己在外面做事,一九八九年,黄珂与自己亲手创办的医药报彻底分道扬镳。

下海后的黄珂靠拍广告片挣钱,像娃哈哈等风靡一时的著名品牌,都曾经是黄珂的客户。他从小就迷恋摄影,甚至还自己建了个暗室,按照书上的配方配制药水冲洗照片。所以,拍广告片对他来说可谓驾轻就熟。当时胶片不太容易买到,黄珂就跑到峨眉电影制片厂弄了一版拍电影的胶片自己裁,拍出来的广告色彩细腻饱满,很受客户欢迎。

——《新商报》

  当金钱主导了一切时,很多事情就变味了,不太好玩了,成功评判的标准也变得单一了,不像过去,比如说一个人写了一首好诗,会赢得尊重;能烧一手好菜同样被人看重;一个老师书教得出色,学生会推崇他;一个人良好的品行也会赢得尊重;手艺好也会得到周围人的认可,如此等等。大家对成功的定义没有像今天这么赤裸裸的功利化,全看一个人货币的拥有量。而在我自己内心深处,真没太把货币拥有量当回事儿,但也绝不是置身事外,超然物外。钱是要挣的,但绝不能让它成为我生命的重心,而把自己蜕变成彻头彻尾的投机分子。

  我对金钱看得很清楚。显而易见,当你处在商业时代,

1982年与医药报同事颜建军

20世纪80年代专注联系业务的黄珂

你的货币多少决定了资源再分配权,这是一种权力,你要分配给你的亲人、子女、身边的朋友,还包括你投资的对象,这一点我也不忽略。所以这么多年,我也力所能及地进行各种各样的投资活动。但我骨子里根本不是一个成功的商人,也

1988年黄珂在白洋淀拍荷花

算不上是一个优秀的投资者，在摸索中跌跌撞撞走到现在。

说实在的，赚钱其实还是来自朋友，这几乎是一个定律。

我最早做了一家广告公司，而且我们拍摄的广告不是普通广告片，是用电影胶片拍出的广告。我很长时间迷恋摄影，在摄影上面也有很多想法。但现在一切都简化了，每个人举起手机就是摄影师。时代发展太快了。

当时我来北京时，还是一个手无寸铁的小知识分子。八十年代末，就开始白手创业，那时钱好赚，满地是机会。我那时还开过餐馆，后来还是交给了别人。很有意思的是，每一次开餐馆的时候，都是为了身边的朋友谋一个生计，包括天下盐，也是为了重庆来的两个朋友。而自己对于开餐馆这件事，首先是没有能力和精力，可以事无巨细地经营，像二毛一样全身心地投入，一个菜一个菜地研究、推广，身体力行；第二个也没有那么大的兴致，虽说我对美食不是外行，也很有兴趣，但要真正经营一家餐馆，我真没有这么大兴致。

说起赚钱，我开办的公司主要是拍广告、做纪录片。我做过很多政论性的纪录片。当时我的搭档是王大迟，被称为民间思想家，忙忙乎乎一阵子，其实也没挣到什么钱。

说起来，我真正赚钱还是在一九九三年那场车祸之后。一个极偶然的机会，我的一位老朋友，也是我老大哥，他退休后就想找点事做，因为他之前涉足过房地产，又知道我的朋友多，于是议定资金由他筹措，由我做公司的总经理，事情很快就做成了。房子就在东二环附近，项目尚未破土动工，在图纸上就把房子全部卖出去了。于是我很快就分到了红利，算是赚到人生的第一桶金。

拿到这笔钱以后，我开始关注未来高科技的应用和发展，其实也得益于在流水席上各种各样的交流，再加上朋友的建议，顺水推舟选择了几个高科技项目。比如北医三院的干细胞项目，再比如彩色棉花项目，彩色棉花是高科技农业，它的好处也是显而易见的——布匹不用再印染了，而印染对

黄珂、白玮在重庆农村拍摄纪录片场景

环境的影响很大。我也去新疆考察项目，高峰的时候我们做到三十万亩地种彩色棉花，依托当地一家公司。我很少参与公司的经营，安心做股东，这才有比较多的时间。

我在商业上做过不少尝试，栽过跟头，也有一些收获，但绝对谈不上取得了成功，比如说把公司做到上市，或者赚了巨额财富，那都没有，只能说略有所获。我曾经做股东，跟人合作，开了一个巨大无比的餐馆，面积有七千多平方米，可能到目前为止算是北京最大的一个餐馆，由一个大礼堂改建的，改出几层楼。我比较喜欢有创意有新鲜感的东西。

钱够用这种话我不敢说，倒是觉得钱经常不够用。我没有太多的资金去帮助别人，因为我发现这个社会需要帮助的人太多了，比如看见很多年轻的非常有才华的艺术家、作家、画家、音乐家，我都很想对他们施以援手，帮他们开画展、音乐会什么的，但这都需要花大量的资金来支撑。资助艺术家，让那些少有的人才有机会成长和发展，这是我非常乐意做的一件事。

有一位地方市委宣传部的领导说过，多一点儿像我这种人，那么每年他们都会做一场有意义的文化活动，不管演出也好，展览也好，或者其他文化活动也好，因为确实应该这样。比如大提琴家李洋和我的私交很好，我就曾帮助他在重庆举办了一场个人演奏会。演奏会全靠我在重庆的朋友帮忙，为此我打了很多电话，邀请他们参加，要求他们购票，来支持这件事情。演出很成功，首先演出质量高，票也都全卖出去了，这让人感到很意外。后来我想，像这类自己有兴趣，对别人有所帮助，对整个社会也有益的好事，今后可以尽可能地多做。

天下鹽賦

京師前街雞鳴
房櫳然開宴間人誰
問菜間百朱之首湯
卅菜鉢何詞
江鈸...
...

为了告别的聚会

一拨是我们brother4组合，牟森、我、王小山和老六，我们分别是六三、六五、六七、六九年出生，非常整齐划一，只是牟森带上了他的漂亮太太——会说外语的张丹丹。

另一拨是当年的红歌手张强，一共三女一男，他们现在在做一个叫"喜的三次方"的公司。当年唱《烛光里的

● 牟森

● 陈晓卿

● 老六

妈妈》的康巴漂亮妹子张强，腰身依旧挺拔，两鬓也没有霜花，仍然像一个长不大的孩子，到处乱窜。

第三拨人是国际友人方阵，丹妮和她的中年男友老W。丹妮的爸爸是印度人，早年到马来西亚橡胶林里播撒马克思主义的种子，并成为大马共产党的总书记，六十年代避难中国，这才有了丹妮这头生猛美女的出生。和丹妮一见如故，让我们接上了头的唯一原因是我们接近的肤色，我们表哥表妹亲昵地嚷嚷着，倒把老W冷落在一边。

三拨人谁也不认识谁，

居然坐在一起抡圆了吃。我本来想说一句开场白,类似"我们来自五湖四海,为了一桌共同的饭菜走到一起来了",但看着大家闷头猛吃,只好生生地把这句话咽了回去。

——陈晓卿

海波、黄珂、查萌

比如说像海波这种奇人,他一个人一直在北京漂着,身上纠缠各种各样的生活问题。但是他晚上坐到这里,跟大家快乐地喝酒聊天,看到他很舒心的样子,我也觉得很高兴。我能为不同境遇的朋友们提供这样一个平台,让他们得到释

胡德平在黄门宴

放，暂解生活的烦扰，获得交流的快乐，以及愉悦的感受，对我来讲，这就是我的功德了。

胡德平先生和我也算是老朋友了，我们是在工作当中相识的。二十世纪八十年代他在中国历史博物馆工作的时候，我们就见过面，他那个时候是研究《红楼梦》的学者。我还专门到他办公室坐过，与他聊过天。就这样，朋友的关系一直保持下来，后来他专程来过流水席，被饭桌上的气氛所感染，而且觉得我搞这种家庭宴席挺有意义的。于是某一天，他还特地把母亲带过来看看新鲜。

当时老太太也有八十来岁了。因为特别身份的缘故，她来之前，专门派人来清扫布置了一下。之后，他们就带着助理、司机一些人赶过来。之前，我就琢磨着如何让老太太吃得可口，于是就吩咐厨师，把青菜都切成末儿，给她专门煮了青菜粥，再弄了点软和些的菜。老太太吃得很开心，德平自然也很高兴。在场的还有德平的儿子，他从小就在美国念书，已经习惯了西式的生活，所以对中餐就没有那么大的兴趣。一家三代都在我这里吃饭，场面十分有趣。

老人家对这顿饭赞赏有加，湖南人对四川菜的麻辣风味还是比较接受的。饭后，德平还专门让我给他在四川找个合适的保姆，为此我委托四川的朋友给他找了一个，结果他们一家人都很满意。胡德平是一个很善良的人，他身上没有官宦子弟骄横跋扈之气，总是很随和很友善，而他极有学问，一直潜心研究中国社会的问题，有着深刻的思考。但是由于他们特殊的身份，还比较受限制，能够带着一家人来到我这张民间的饭桌上，实属不易，一家人都很快乐。

很多人通过这里结缘，成为朋友，甚至在这里缔结婚姻，就像我说的老野离婚后，女朋友也是在这里认识的，诸如此类的事情，也说明这张餐桌不只是简单地吃饭，其中也包含着人情冷暖，促进了人际交流，尽管范围不大，也打破了以前彼此之间的偏见，如果他们不接触，永远也不会彼此理解的。

曾经有一对夫妻，很早就认识了我，经常相偕到我这里吃饭，后来离婚了。离婚了以后，两个人又分别结了婚，他们相约带着各自的新爱人，四个人来到我这里专门吃了一餐饭，算是一次有纪念意义的聚会，场面非常和谐。有时候看着来来往往的这些人，感觉人世间的风云际会和变迁都在这个饭桌上展现出来了，非常有命运感，就会感到生活很有嚼头。

流水席间
有雅音

"当初选在望京这个地方就是因为离着中央美术学院近，离798艺术区也近。诗人、音乐家、画家，他们喜欢来我这儿吃饭、喝酒、聊天，完了，又带着朋友再来。"早期的私人局渐成规模，每天晚上，606推杯换盏，高朋满座。

黄珂被朋友们称作"望京孟尝君"，"门下有食客数千"的战国四公子之一。但黄珂并不喜欢这个称呼。"人家孟尝君是通过养食客的方式，有计划招揽人才。我没有什么目的，大家喜欢我，喜欢我们家饭菜，尽管来。"

——《青年文摘》

小时候我住在一个机关的大杂院里面，不同于其他的大杂院，这院里每家每户都是机关干部，好歹算是知识分子，每个家庭对自己子女的教育还是比较严格的，希望他们受到很好的教育。尽管我的成长期是在"文革"，但那个院子中的人仍然对教育很重视，所以我还是读了不少书，也算是不间断地受了知识的教化。

到了小学三年级，我已经能独自看全一本大书了，比起同龄人，已经算不错了，常见读物比如《红岩》《欧阳海之歌》之类，当然还有《三国演义》《水浒传》《红楼梦》这些中国人最基本的读物。因为我的父母都是读书人，家里还是有很少量的藏书，其中有一些当时翻译过来的世界名著。那时候稀少的书籍反倒对一个人的心灵影响至深。后来随着时代越来越开放，能买到的书越来越多，一九八二年就可以买到巴尔扎克小说全集了，那真是令人兴奋异常的事，但现在还有多少人会珍视文字对心灵的启发呢？

我是一九七一年下乡的，一直到一九七三年结束，下乡的时候十六岁还不到，就在那段静悄悄成长的岁月里，额外读过很多书。其中记得很清晰的一本书是苏联作家帕乌斯托夫斯基写的《金蔷薇》，尽管主要的内容是文学评论，但是写得极其优美，也算是散文，当时读得心醉神迷的，那时候因为苦于读书少，就幻想着有一天能做一个出版家。

我下乡的地方在邻近重庆一个叫巴县走马公社的地方，也就在过去重庆老机场的旁边，其实下乡三年的日子还是蛮辛苦的。最享受的一件事情就是，一旦下雨，农村叫歇雨班，

不用下田劳作了，一个人就躲在屋子里。重庆乡下的屋子是用黄泥黏土夯起土墙，有的屋顶是茅草，有的是瓦。我因为是一个人插队落户到那里，生产队为了优待我，专门给我夯的一间屋，旁边就是大队公社敬老院。房子是瓦顶的，屋子有三十平方米，可以摆放一张大床，还有一个锅台，自己可以在房子里面做饭。当时我还特意请当地的石匠，用大青石板做了一张长约一米五的桌面，底下直接用石头砌起来的，就算是我的书桌兼饭桌了，青石板冰凉的感觉我现在还记得。

每逢下雨的时候，我的世界只剩下书的陪伴。那些书是我千方百计搞来的，有的是从村子里面有点儿文化的人家里弄来的，还有从公社学校里借来的，还有从家里带过来的，也有从朋友那里交换来的，各式各样的，我毫不拣选地读着，那时候的文字有着出奇的魔力。下雨天可以一整天用来阅读了，一点也不觉得枯燥，一个人胡乱弄点儿吃的，然后躺在床上心无杂念地沉浸在文字构成的世界，伴随着淅沥的雨声，随时身游世外，自由穿行在宇宙之间，大概算最幸福最微妙的时刻。

外面的、我所见不到的世界充满了无穷的戏剧性，时空交错，就如同奇幻的舞台，有的是历史的某个惊心动魄的片段，有的是伟人们所悟到的深邃的道理，有的是男女妙不可言的情爱，文字就是这么简单而奇妙，它所产生的魔幻的想象力是没有边界的。

后来回城上学，也顺应潮流开始写诗歌，很幼稚，但也挺珍贵的，一些胡言乱语的东西，模仿大人物的口吻。在农村，大家互相之间送礼物，会送本笔记本什么的，带塑料皮就算是高级的了。我收到了好几本厚厚的笔记本，里面密密麻麻地写着，先是大段流水账，每天做了什么，遇到什么有趣的人或事，然后逐渐深刻一点，用点书里学到的新鲜的大词儿，描写某一天的天气，或是给村子里某个人做个小传。再后来就是写所谓灵感的诗歌，实际是一大堆摸不着头脑的呓语，似乎从中得到某种创造式的快慰。

对我影响最大的还是苏俄文学，许多片段真的令我陶醉，相信很多人都有读书读醉了的感受。俄国人的艺术感真是与生俱来，比如屠格涅夫的散文、契诃夫的短篇小说、普希金和马雅可夫斯基的诗歌等等，对我艺术感的塑造影响巨大。

后来，我对艺术的趣味也自然而然地带进了宴席之中。

席间，偶尔就会有即兴演奏、唱戏之类的东西。比如唱京戏的、说书评弹的名家，也会在这茶余饭后为大家唱一两支小曲，十分自然。那些搞乐器的更不用说，其中一个叫杨帆的手风琴演奏家，人走到哪里琴就带到哪里。他拉手风琴时激情四射，非常有感染力；还有就是常客李洋，他拉大提琴非常动听。

我在青少年时代，能够接触到音乐，能够学习到西洋乐器，内心有一种难以言喻的神圣感，而且感到十分自豪。在那个特殊的时代里，到处唱样板戏宣传毛泽东思想，各个组织和单位都在大力培养演出人才，那是一项全民性的运动。所以，那个时候要是能会一样乐器可是不得了的事儿，相当自豪，连整个家都觉得脸上有光，简简单单会吹个笛子就牛得不得了。那时候学的乐器多是手风琴、口琴之类的，或者竹笛、二胡这些，学西洋乐器钢琴、小提琴的都不多，大提琴更是小众中的小众。我最初是学小提琴的，比起大提琴，小提琴相对好学一点。当时学校里有一把大提琴没人碰过，我一看就喜欢上了，于是就改拉大提琴了，基本上全靠自己慢慢摸索，从革命歌曲开始练。

我还清楚地记得，我的那把小提琴是我央求父亲千方百计寻来的，而且他还为我找了一位吕老师，那时她四十多岁，小提琴拉得不错。那一天，父亲带我去见她，那位老师把我上下打量了一下说，学琴你年纪还有一点小，我倒是建议你去学习一下表演。这句话让我窃以为自己模样还算周正，于是记忆深刻，直到今天还没有忘。所幸，她最后还是收下了我这个徒弟。

现在我家里有一把大提琴，就摆在屋子里，还是专门找人订做的。我原先学过大提琴的那点底子不用提了，但一直有这个情结。尽管这么久没拉过了，但有一段时间萌生了重操旧业的念头。李洋就劝我说，你拉拉试试吧，哪怕是简单恢复一下练习也好啊。于是就订做了一把大提琴，做琴的人也是朋友，毕业于中央音乐学院提琴制作专业，大学毕业后，自己开了一个手工作坊，他做的琴相当不错，还在意大利获过奖，李洋在我这里基本都会用这把琴来演奏。

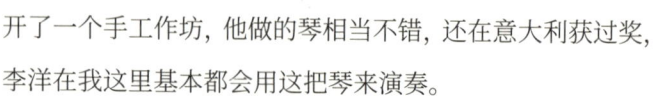

聚会中光是吃吃喝喝自然不够，大家就会琢磨点有意思的事做做，比如搞个小型音乐会，做一些讲座什么的。比如有一次我们请中国国家画院副院长曾来德，也是黄友会的会员，在某年的三八妇女节，为黄友会的女会员做了一个"书法与妇女"的专题讲座。号召女性学书法，而且当场为每个

女会员写了一小幅字，这是相当不容易的。他的观念比较传统，提倡妇女除了女红、厨艺，还得学书法，蛮有趣的。再比如有一次，台湾一位研究紫微斗数的女大师，专门开个讲座给大家讲讲紫微斗数是怎么回事，那天来了三十多人，听完就觉得中国传统文化中竟有这么神奇的内容，比起《易经》推算一点儿不差。我们还请过国务院发展研究中心的研究员讲讲目前我们国内的大的趋势。如此等等。

《黄珂肖像》
刘亚明 绘

灰尘，
生活在
油彩上

其实他本无意于此，并不指望靠这个扬名立万。他是那么真实，并不因为更多的人来吃饭就把家重新收拾一下。一切如故，甚至连沙发都不挪一下，厨房也不加大一毫米。随着名声越来越大，甚至被当作一个传奇传播。富商、知名艺术家纷纷慕名而来。原本是一个美食家简单弄的一个家宴，一下子变成一个炫目的舞台，变成一个京城没法仿效的去处。就如同互联网时代现实版的场景，很多陌生人通过流水席变成了熟悉的人，相互联系，可以谈诗歌，也可以谈生意，甚至谈情说爱，

各取所需。

——海波

黄珂与他收藏的画作

虽然我从没有提笔作过画，但我对绘画有着特殊的偏好，交往的画家也非常多，也资助过一些有才华但经济比较窘迫的画家，为某些人办个人画展，因此也收到了不少人的画，很多是他们早期的作品，都属于友情相赠，那间屋子也挂了不少，和各种奇奇怪怪的赠品放在一起。

在画家朋友中，马刚是我认识比较早的一位画家，也一直是这个家的常客。他认识我时，也就是三十岁左右，我那时还在平房里住着，大概是一九八二年，那时我还穿着喇叭裤，留着长发，很文艺的样子。他总是说通过黄门宴自己更多地认识了这个社会，三教九流都出没在这里，什么人都能见到。他从一九七九年进入央美附中，一路读到了博士。现在他是中央美院的教授，博士生导师，国家主题性美术创作研究中心主任。

他在绘画专业上堪称杰出，这是画界公认的，我虽是个外行，大体也晓得他的分量。除此之外，我和他有一个共同的爱好，就是喜欢下围棋，以前经常是两个人对弈，现在一切从简，就在网上联合下棋，我们的水平都很一般，纯粹就是图个乐子。

早期他来得比较频繁，于是从绘画的角度动了心思，沉下心来专门为宴席画了一张名叫《黄客》的巨幅油画，光三米高、六米长的板子就有六张，也算是他那个时期的激情之作，那个特殊年代创作的灵感可以说是可遇不可求的，现在恐怕就难有此心境了。

那幅画画了上百位赴宴的客人，个个有名有姓，熟悉的朋友们一眼便可以认出端倪。他选择的是黄门宴最热闹最癫狂的那个时期，也是他所说的"最有看头"的时期，他笔下的人都"醉了，疯了，醉得忘乎所以，疯得一塌糊涂，人人处在一个狂喜的世界里不知所以然，一时间失去了天地"，个个手舞足蹈的，大家都在一个乌托邦式的世界安营扎寨。画家靳尚谊看过这幅图，他觉得非常有社会意义，因为这是在中国社会难得的一个群体，那种精神状态令人不可思议，难以再找寻到。可以这么说，马刚为流水席留下可贵的绘画记忆，这种现场感的描绘从某些方面而言，已经超过了图书和文字的记录方式，由此它的珍贵可想而知。它是大家共同记忆的档案，这样的东西罕见，我这个人散漫惯了，极少留下什么做个念想，包括我的记忆都已经模糊不清了。

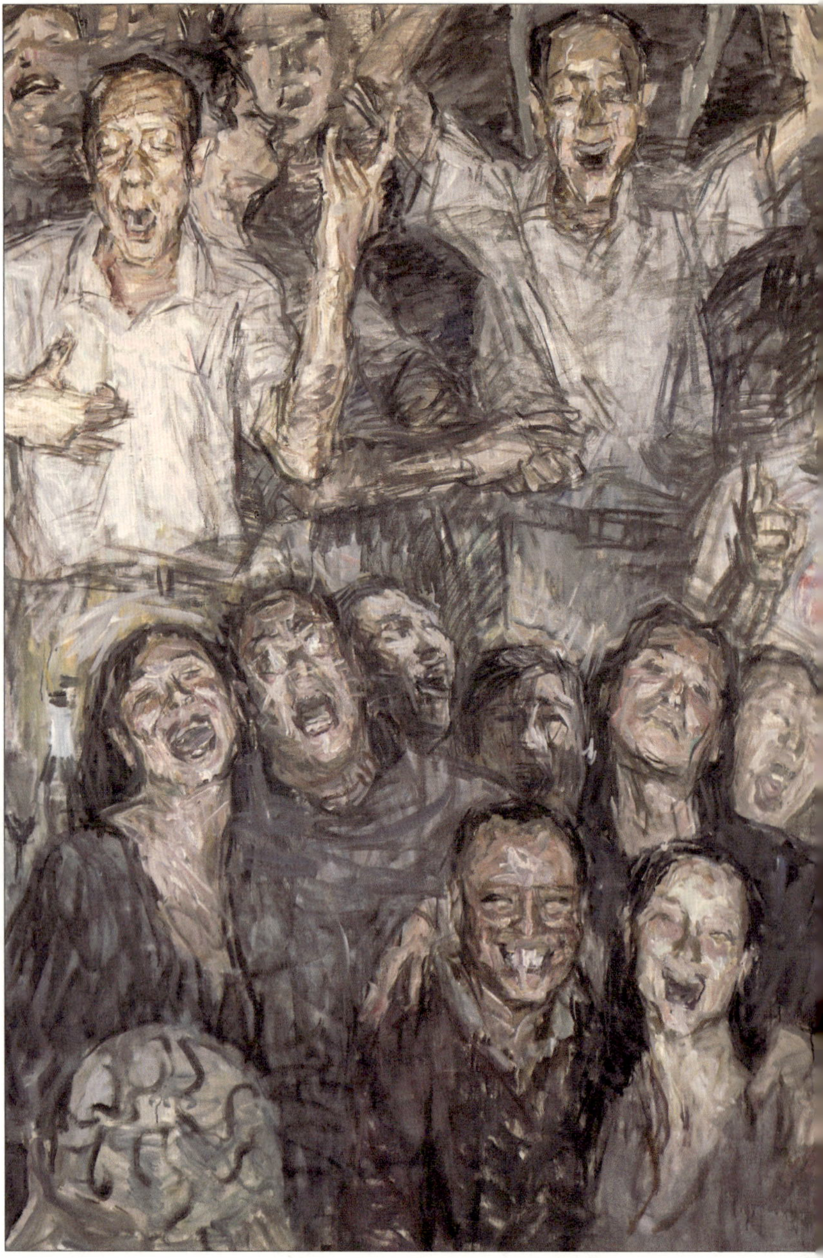

当大家吃喝玩闹的时候，他有机会就在一旁观察，先是拍下照片，选择的都是每个人最放松的时刻，他迅速地抓住了那个瞬间，包括我喝得很不成体统的时候，他留下了我不少那个时候的速描，他总是觉得那个时候的我好玩极了，不像现在这么木讷安静，现在一点儿也不好玩儿了，不够疯，平淡得如同个木偶。

马刚在绘画界的地位很高，只是他一直在学校里待着，没到社会上来混，也没经过商业炒作，所以外界对他的认识并不多，可以说是名实不符。

中国共产党建党九十周年时，相关部门组织画家画了一百张画用以纪念，他也参与画了一张，画的是毛泽东会见尼克松的场景，当时有绘画界的人评价说，这一百张画中，只有马刚的那一张才叫作真正的绘画。虽然他身在体制里，但一直坚持着自己的绘画方式，不管是领袖还是普通人，艺

术家成功之处就在于坚守艺术的本真。

二十世纪八十年代，他还是学生的时候，他当时的女朋友是重庆人，因为老乡关系我们相识了。我搬到望京以后，没多久中央美院也搬到了望京，于是他也来到了望京，来往就越加密切了。他经常在学校开完会，或是上完课后，溜达到我这里来，聊会儿天吃顿饭就回去了。

马刚一直有个心愿，为黄门宴所做的油画搞一次特别的展览，将来有恰当的时候这件事肯定是要做的，而且要做就一定做得好玩儿，这也是他的初衷。包括他收集的照片，最初构思的草稿，几乎每一张画都有一个故事，所有的细节不可复制，也不会再有了，这些东西能展现出流水席最原始的状态。他还设想着出一本画册，名字就叫作《嗨，这个人》，针对每张画进行文字的复原，从中能扯出很多有趣的东西来。他觉得我就是这个有趣的中心点，发散开来，能完成他的想法，比如黄友会的常客张枣、老野等等。实际上，黄门宴的真实形态就是这样，每天各色人等，有作家、导演、诗人、艺术家、政治家，形成一个混杂的群像，很多人都在各个领域颇有建树，或者就是极有趣的人。

他觉得，黄门宴虽然是私家宴席，但实际上有很多的社

会意义，因为来到这里的人不仅是在聊私事，还会触及时事、文化、历史、宗教等等话题，进行各种有趣的探讨，而他作为画家能够记录下来，意义非凡。

看了他的画，你就会知道，他的画法很松弛，特别是画黄门宴这样的场景，一点也不拘谨，随性而自然。他形容自己创作的过程就是寻找乐子的过程，无欢不画。而被他画的那些人，假如有一天能看到关于自己的画作，会让他们大吃一惊的。我们都明白，那个时代已经结束了，而他留下的图像从某种意义上讲，完全是一个时代的挽歌，不可能再有了，即便再想画什么，也不是原来的样子，也难以回到那个状态了。从他的绘画中会牵出很多活色生香的东西，把已经逝去的那个时代的精彩一幕幕呈现出来，鲜活的，癫狂的，中国传统文人内在的形态被生动地展示出来，他非常喜欢这种很俏皮的、很有趣味的、癫狂的形象，那真的是一个生机勃勃的野性的年代。

北京当代人的生活状态很少在绘画中被如此表述。现在没有，以前没有过，将来有没有我也不知道。从社会学角度讲，它是那个时代的产物，主要在这里曾经聚集了这一群特殊的人。他们在各自的日常生活中也许并不显得特殊，但是人一聚到这儿之后，就变得特殊起来。比如说万夏、马松、李亚伟、张小波，在家庭生活里，或是走在大街上，与普通人无异，但到这儿以后，就完全变了另一副模样。在这样一个特殊的氛围里面，他们的心灵得到了充分的释放。慢慢地，更多人加入进来，这里便成了释放内在空间的地方，一群志趣

黄珂在刘亚明的画室看到那些巨幅油画深受震撼

相投的朋友凑在一起，不知不觉共同创造这么一个氛围。这不是在任何地方能生发出这样的奇观，即使世界之大，也算是罕见的，所以我要说，流水席绝不是我一个人搞出来的东西，而是也有大环境的原因。

正是那个时间，那个地点，那个空间，大家一起集体性释放，我只是提供了一张餐桌。而释放便成了当时社会生活的真实写照，大家在这里都剥去了任何伪饰。

刘亚明为珂爷女儿创作的油画肖像

他的那些画放置了也有一段时间，如今挂上一些灰尘。马刚说，这种感觉也许更好，正好表达时光流逝的感觉，就让灰尘永久地生活在油彩上面。如果真的有一天办展览，就原封不动地搬过去。这些画讲述的是出生于六十年代的一群人，经历过"文革"以后，经历了改革开放，他们都是历史的参与者，很特殊的人群，特殊的情景，特殊的状态，而且正是因为它的特殊性而有深度。

流动的
世象

凉拌牛肉做好了，四川火锅也做好了。今天是星期天，人似乎不多，客厅那张长桌子坐了二十个人，剩下的一桌转战另一间屋子。主人不搞任何开场白，大家随便吃就是了。"黄氏牛肉"并非浪得虚名，又麻又辣，川味十足。桌上啤酒、白酒、葡萄酒，客人自便。大多数人都彼此认识，大家一边吃一边闲聊。

长桌上摆着三个火锅，保姆不时过来给锅里添水，加佐料。火辣辣的四川菜吃得大家额头冒汗，客人们渐入佳境。黄珂坐在主人座位上，淡淡微笑着听大家神侃，间或插几句话。他在美国公司任职的女儿和他挨着，父女二人颇为亲昵。他吃得并不多，就这么抱着膀子，袖手旁观埋头苦吃的大家，脸上浮现出喜悦而安详的神情。"这种喜悦只有在看着生猪即将出栏的饲养员脸上才能见到。"一位去他家吃过饭的人在自己的博客里这样描述。

吃到一半，诗人万夏来了，自称已经吃过了，饭后顺便过来看看，席间不停摆弄自己从国外新买回来的相机。十点钟，一位看起来年近六十的人推门进来，看来也是个常客，也是"顺便过来看看"，有人向记者介绍，

他是个音乐人，是朱哲琴新专辑制作人之一。

——《爱人》

　　有一阵子，客人特别多的时候，各种各样的生意也随之找上家门来，比如来卖光盘的，有时上门一次竟然能卖到上万块，销量惊人。因为那时还没有网络电视，外国大片的光盘很盛行，吃完饭的客人们不用出门就可以挑点有意思的光盘带回家看，而且又卖得很便宜，我也就没有加以阻拦。小区做各种小买卖的人很多，包括做珠宝生意的都会找上门来，问我能不能把广告页放在门口。面对这么一个庞大流动的人群，商贩们自然不会放过，再说又都是一个小区的，只要做法不过分，我也就听之任之了。

　　于是，我的家门口堆放着各种商品的宣传单，还包括图书和画册，吃完饭后，有的人会随手拿取，各取所需，比如某个朋友出版的新书，放在这里也算是一个宣传。还有卖茶、卖保健品、卖咖啡的，都看中这里有这么大的人流量，再加上来的人大多数好像混得还算不错。这种事当然要适可而止，毕竟这里又不是流动的超市。我坚决拒绝的就是，把生意搬到饭桌上。

　　由于人多，难免有些扰民，老住户们还都比较宽容克制，尤其是楼下那户人家给予很大的理解。楼下住的是一对中年夫妻，家里有个孩子在国外上学，所以影响还不算太大，这真的非常难得。你想想，一大堆人吃完喝完唱完后，难免会出现有人跳呀蹦呀的情况，再加上椅子挪动的声音，收拾碗筷的声音，来回走动的声音，肯定会打扰到邻居。因此，管片的警察也曾找上门，还包括居委会，也都大概知道我这里情况的特殊，了解了一下也没有深究。如果当时有人报警说影响了他的睡眠，恐怕这事就进行不下去了，好在我的运气不错，周围邻居都比较宽容善良。

小区的保安对我家的情况了如指掌，一看进来的陌生人，而不是这座楼的住户，就知道是奔黄门宴来的，表情也看得出来，后来连登记也懒得弄了，人实在太多了。如果你要是乘电梯，电梯服务员只消打量一眼，就会直接按六楼，她已经形成习惯了。

人越来越多，而且越来越杂，这个时候就不得不考虑安全问题了，毕竟说到底还是个人家，所以来的陌生人，会询问一下来历，一般都是某某朋友介绍来，只要有个说法，基本上都要接待的，当然也有不少例外，比如不少人是看了报道登门看热闹的，也不好生硬地拒绝。

曾经有一对华裔夫妻，看了有关我的报道，于是便在望京一带边打听边找，花了整整半天的时间才找到我家。那天碰巧我不在，也就没法接待了，他们当然感到非常遗憾，因为第二天他们就要飞回美国了。他们完全是出于好奇，诚心诚意地登门看看黄门宴到底是什么，后来我的助手小施把出版的那本《黄珂》送给他们，以做纪念。

媒体报道的影响力的确惊人，再加上连门牌号都公布出去了，于是人络绎不绝地过来。

跟着客人混进门的有，不声不响地吃完走人的也有，还有吃完饭掏出一本书让我签名的，或者留个联系方式就走人的。问在座是谁的朋友，谁也不认识，至于是如何进门的更是一头雾水。也有的人大大方方地就说是慕名来这里吃顿饭，好在这样的情况不算多。遇到过最莫名其妙的一个人，他欠了一大堆赌债，找上门来要求我帮忙，还理直气壮地说："你肯定是乐善好施的大财主，有钱人，否则怎么会平白无故地请人吃饭呢。你请人吃饭也要花钱，不如先替我把窟窿堵上。我翻本了就还你。"真真让人哭笑不得，好多年过去了还记忆犹新。实在是应付不过来，没有办法，只好想了个辙，把门牌号606换成607。这样，老朋友都知道怎么回事儿，而一般人就不好贸然敲门了。

后来我再接受采访时就会特意更正媒体此前说的，告诉大家，首先来人一定是认识的，或是朋友带来的，不是任何人来敲门都接待的，因为我不晓得他的背景和来意；再者，这毕竟是我的家，每天我还要在这里吃、住、行和办公，吃饭只是我生活的一部分。以前小区保安还做个人员登记什么的，但后来就不干了，因为一天就能登记好几页纸，实在忙不过来，慢慢就放任自流了。不过经常有朋友开车来，挡了小区车道，有这种情况，保安就会上来直接敲我的门，因为小区停车位很紧张。

要说，流水席上的变化还是很明显的，从最早一批大家比较熟悉的画家、艺术家，到现在商人比较多，毕竟艺术经不起烟火交加，清谈风月的时代真的已经过去了，连怀念的时间也没有了，似乎只有生意唤起了现代人的勃勃生机，可以说，粗野的商业横扫了一切，连艺术家们也忙着做生意了。早期来的客人们谈的东西很空旷高远，理想主义的气味还很浓重，无所不涉及，人情也很浓郁，但现在谈得更多的是"正事"，又有什么新的商业模式和新的商机，金钱就是这么简明而直接，再加上我个人也有些商业往来，生意味儿渐渐重了。

二十世纪九十年代初，中国的很多知识分子都面临着转型，大家无可避免地要去谋生做事，养家糊口。恰好在这个时间，我做了这个饭局，相当于在社会特殊背景下的一个沙龙，慢慢就变成大家口中的乌托邦。除了饭菜之外，还有烟、茶、水果、元宵、饭后甜点，而且还有音乐和绘画。于是我这里就变成了一个人文交流的平台，之所以很多人很珍惜它，是因为京城里没有一个这样的去处，在一个民居的环境里面，可以谈天说地、坐而论道，甚至是鸡毛蒜皮，不谈也可以，也是一种放松。这个和在咖啡馆、酒馆买醉不一样，你可以从一群人里抽身出来，也可以随时加入其中。那么自由，那么随性，可以纵情表达，直抒胸臆，无所顾忌。这里呈现了一群知识分子真实的心理境况，他们在流水席上能够得以排遣，又不断地有新人加入，这种精神得以张扬，还有一些年轻人也加入了流水席，但是他们没有五六十年代出生的知识分子们经历那么多，他们也从中了解了历史，了解当代知识分子的情怀。

时代总是在变化，这根本不是你拒绝不拒绝的问题，尤其在中国，迅速得更难以想象。这么多年了，很多人想把这个平台做一个整合，比如做个电视栏目，搞个餐饮品牌什么的。有朋友说，老黄，你搞了这么一个有影响力的品牌，现在也该让它变现了，否则有一天好好的资源烂在手里了，失去了商业价值。我还是告诉他，我有自己谋生的生意，坐在这个屋子里就是聚会吃饭，这个性质不能有丝毫改变。我并不是高尚得非要辟出一块净土，但如果真的大家都是为生意凑到这张桌子，黄门宴也就没有存在的必要了。能谈生意的地方多了，没必要非得在我这里，也许可能更直接干脆。不过，大家在饭桌上认识以后，私下做一下生意，我也不会干预，甚至我还乐意给不同的人介绍合适的朋友认识。

现在，每天还是会有些老朋友过来叙叙旧，近几年数量明显变少了，比如现在一桌十几个人吃饭，老面孔也会有那么三五个。但取而代之的是，新面孔越来越多，大多是因为某件事赶过来，带有很强的目的性，现代人的闲情逸致很少了，而在这里确实成就了不少的事。我各行各业的朋友很多，有人想要我帮一下忙，我就从中介绍一下，这种事对我来说，都是很随意的。其实，我还怀念那个闲人们相聚的时代，在一起只是为了吃喝玩乐。

人总是要尊重社会的发展，但我肯定不是为了生意开流水席，大家怎么变化，我这种初心是不能够变的。不管你说我执拗也好，不合时宜也好，有情怀也好，这一点我会坚持到某一天关门大吉的，这个世界原本就不存在永恒不变的事物。

流水席上，我记得来人最多的一次搞的是自助餐。那天因为《鲁豫有约》剧组过来了。人太多,只好弄自助餐,大家转圈取餐,家里面的餐具完全不够用,就临时买了一大堆一次性餐具。这样的情形还有不少,有时候光翻台就有四五次,来一批人吃完了,接着是下一批人,饭菜又得重新弄,厨师忙得不亦乐乎。有时家里的食物全都掏空了,只好出去买速冻水饺、花生米之类的应付一下。很少有人在乎吃什么,吃到东西就行,啤酒一箱一箱地喝干净,然后就是相互不停地聊天,小声说话都听不太清楚,整个房子里嘈杂无比,但大家还是兴致勃勃,精神亢奋得不行。

那时候,好玩的事情不少,比如世纪佳缘的创始人慕岩,来了一次以后,回去专门策划了一个相亲活动,就是从他的网站中挑了十几个女会员,与黄友会选出的十几个男会员,一对一配对,搞一个小型联姻活动,大家边吃边聊,最后也忘了有没有配对成功的。

还有一个活动叫作美食PK,黄友会定期会发一个帖子,每个来宾必须带一个自己做的菜,或者是现场制作也行,然后大家凑到一起吃饭,相互品评。再比如,我做的包子大家都爱吃,于是就事先把馅儿调好,然后聚集了几十个人一起包包子,最后蒸好了一分而净。这种事做了很多,主要就是图个开心娱乐。

既然人来了,就一定要招待好,这是我的心愿,不过有时候就会苦了助手和厨师。有不少人来了以后,丝毫也不见外,看菜不合胃口,就主动点菜,我想着人家好容易大老远来的,也不好驳了他的面子,就会马上让手下人去弄。比如非得吃某某菜，而楼下的餐馆和超市都关门，也得开车去别的地方买回来。可以说，我基本没有拒绝过客人的要求。

还有一些朋友和我非常熟悉，吃饭喝酒讲究一些，比如喝酒要用什么什么样的杯子，三种酒必须三种杯子，等等，我倒不在意，但这样的情况弄得阿姨很不耐烦，私下里也和我发牢骚，我也只好笑笑了事。当时最厉害的助手当数小彭了，在我这里整整待了八年，知道黄门宴的没有不知道她的，最后还是累得撑不下去，辞工走了。后来陆续换了好几拨人，大概都受不了我这种无休止的待客之道，选择了离开。接待客人原本就是很累人的。

不少身边的人私下里也跟我唠叨一些他们看不惯的事，说来客中的不少人把我当成一个傻瓜。有些人过来就是骗吃骗喝的，而且还拿东西，比如有些朋友送来的大米、酒之类的，还比如摆在酒柜里珍藏的十几年都没动的酒，伸手就打开了喝之类的。我一般就是听听算了，既然你有气量开流水席，什么人都会遇上的，一顿饭能怎么着你呢？我对这种事从不放在心上，主随客便吧。但客人们也都还算有素质，这么多年，人来人往，家里贵重的东西从来没丢过。

待客就得有待客的样子，比如有日本人、韩国人来了，就要准备他们喝的酒；如果是回族客人，做菜一定要照顾到；如果碰到朋友过生日，要准备蛋糕之类，这都是最起码的。再有就是菜品一定不能马虎，不能老是重样，买菜当然要选质量好的、新鲜的，能细致的尽量细致。

说起来，流水席上的菜品没有人们说得那么丰富，反而比较简单。基本上以川菜为主，而且是四川家常菜。加工也很简单，比方大家喜欢吃的连锅汤就是一锅清水、五花肉、萝卜一炖，什么调料都不放，又健康又美味，来客赞不绝口。我这个人不安分，炒回锅肉都想变化一下，能不能丢两片苹果在里面，炒鸡蛋也要放点醋。我觉得川菜的精髓就在变化。我们家最著名的一道菜牛肉汤锅，就是加了四川豆瓣酱，也用了北方大料，这道菜成了一道名菜，南方人北方人都喜欢。好的美食家、厨师就应该是一个艺术家。

公司的事基本可以撒手了，我现在多数时间在家。家里是住所、会友区、餐厅、音乐厅。我每天睡到十点钟起床，下午四点前家里是很清静的，这个时间我上上网，听听古典音乐。过了四五点钟电话就来了，问今天有什么好吃的，我说有豆花，有牛肉汤锅，过来嘛！大家就欢天喜地地来了，吃饭喝酒，谈天说地，一直闹到深夜。

我这个人好宅在家里不动，能不出门尽量不出门，到现在我还坚持自己这个观点。

很多医学专家都同意我这个观点。因为我们细胞新陈代谢的次数是恒定的，我们器官比如心脏的跳动次数，也是恒定的，比如300万次，跳完就完了。大象和田鼠的心脏构造几乎一样——250万次左右，但田鼠一天到晚奔跑，不停地动，两年内跳完这些次数就会死去；大象行动缓慢，心脏一分钟跳50次左右，所以活得比较久。一旦我们心脏每分钟跳动超过80次、90次，甚至100次，医生一定会建议你把它降下来的。

但同时可能有另外一个问题，长期不运动，可能肌肉会缺乏爆发力，奔跑和跳跃这些能力必须靠大量运动才能保持。这就要看你需要什么了。

不运动抵抗力不会降低，所有的宗教形式，到了最高阶段都是静。古人都是很高明的，不管佛教也好，道教也好，伊斯兰教也好，都是这个道理，他们早就意识到这一点，人体要有效地保存生命活力，最好是少动。

你说运动，那我们祖先运动量多大，从猿到人那个阶段，老是跑来跑去，可是那个时候人的寿命可能四十岁不到。人们现在寿命的增加除了药物、医疗技术的发展，有一个重要的因素就是现在人们的运动比以前要少了。

我们的干细胞项目，国内外很多大科学家在一起，多数人都认为这个理论是有道理的，但是要控制好这个度，比如长期不动可能会带来脂肪沉淀、动作迟缓、血脂血糖这些问题，但只要轻微地活动活动就好。

体力运动会给人带来心理上的依赖，要靠运动来增强自信，觉得自己很强壮。如果不是特别相信生命在于不动这个理论，长期不动心理上就会越来越沉重，心理会不停地给自己不好的暗示。

所以我能长久地待在流水席并不感到腻味，不愿意东奔西走，走遍千山万水真不如阅人无数，每个人都是一道难得的风景。

之所以我仍然坚定不移地选择待在北京，是觉得它有着足够的包容度，各行各业的精英大多集中在北京，它的多层次和多维度是你难以想象的。甚至可以说，任何一种人都可

GOURMET 美食券
自助
黄门流水宴
精选川渝及潼南特色美食
只为让游客宾至如归
双江古镇首届
黄门流水宴
有效期:2023年10月2日

以在这里找到立足之地，尤其是它的文化生活，比任何一座城市都丰富得多。流水席让我见识到太多令人惊叹的人和事物，这种美好让我难以割舍，比如像画展、音乐会天天都能看得见，你能接触到最先进最前沿的思想和观念，有时候，坐在我身边的人可能就是在某个领域正试图改变世界的人，这是在其他城市里根本看不到的。

我从一九八三年开始来到北京，不知不觉已经有四十多年了。我重要的朋友都集中在北京，我随时都能找到自己需要的朋友，酒友、牌友、棋友、聊天的老友、生意伙伴等等。我是一个喜欢热闹欢聚的人，无法放弃长久建立起来的友情、亲情，以及各种各样的社会关系，这让我很自在。我无法一个人孤独地过活，我觉得生命就是相互分享。独处长思，自得其乐，不符合我的口味。

有不少朋友拥有了财富，移民国外后，都会亲口向我抱怨道，在国外最难以忍受的就是寂寞。所以一个人一旦熟悉了某种环境，尤其与周围环境产生很多的关系牵连后，就很难下决心离开这个地方。比如现在我回到重庆后，感觉很难适应。黄门宴之所以有这么强的吸引力，其道理也于此：人不是孤岛，需要各种各样的交流，交流对于人有着非同寻常的意义，一个人就是与你完全不同的另一个世界。很少有人是为一餐饭而费劲跑到我这里来，我这里的饭菜也并非那么神奇，他们来就是为了交流，想看看他人带来的不一样的世界，这也是黄门宴存在的价值，相互之间有自由表达、自由交流的小平台，这个意义更大一些。

相约潼南

身边
即江湖

何为江湖？我自己编了一个，也是两个字，叫规矩。什么叫身不由己？你入了这个门，你得认这个理儿，或者认这个规，不能做的就不能做，这是规矩。黄珂是有分寸的。他有中国传统文化中那种低调、内敛、含蓄和包容。这是知书达礼的人必须有的修为。做不到这一点，怎么在江湖混呢？

中国的码头文化从运河起就形成了。南京、武汉、重庆，这是长江的三个大码头。长江肯定比运河大气，运河是人工的，长江是自然的，但码头文化是运河漕帮开始的。南京、武汉、重庆保留了

比较完整的码头文化。
　　黄珂的流水席就带着码头文化的特点。

——于建嵘

一九九〇年开始，随着人来得越来越多，有不少老朋友提议，干脆成立一个"黄珂之友"的联谊会，为此还有人用心撰写出了章程，大概的意思就是，大家有钱出钱，有力出力，共同组建一个亲密和谐的民间性社团。当时我脑子还是清醒的，如果真的要正式成立一个组织，那就真玩过头了，加入的人就要有目标、责任和义务，就一点也不好玩了，而且政府也会监督的。所谓"黄友会"，不过就是一个自由参与、散漫的民间群体，基本无组织无纪律。

或许这和我性格中的散淡有关系，我们一生之中都会在不同的组织之中，这已经够令人头疼的，本来就是一种江湖中的松散关系，何必搞得这么郑重其事、大费周章呢？应该就是纯粹的自由往来，也就是我常说的一句话：进了门就是会，出门就可以不认。这样更纯粹一点，我希望朋友之间是真正的君子之交，没有权力、责任和义务，相互之间也没有约束，真正达到自由平等。

于是，最松散的民间组织"黄友会"就这么成立了，除了日常的吃饭聚会外，还会举办各种各样的活动，比如说每年的六月十四号，也就是我的生日那一天，肯定是大家要聚会的日子，谁家过生日都要请客嘛。但是仅仅吃吃喝喝又觉得意思不大，于是从二〇〇四年开始搞宴席外的活动。黄友会里人才济济，导演、演员、音乐家一大堆，搞个话剧、音乐会什么的，很快就能搭成班子，连续几年我们每年都做一场话剧，都是由黄友会的会员原创的，演员就在会员里找，娱乐感十足。这个时候就可以看出黄友会的力量，每件事都能找到人张罗，从道具到场地，从音乐到布景，只要一个电话过去，就能得到响应，我只负责召集开会什么的，一场话剧就迅速搞出来了。后来大家搞出了意思，还想着成立黄友会话剧社。

黄友会成立以后，各个地方上的朋友过来，感受到这种有趣的氛围，便纷纷自告奋勇要开办黄友会的分舵，当然这只是江湖上一个口头的约定而已，比如重庆分舵、成都分舵、上海分舵、广东分舵，有的地方还不止一个分舵，只要是黄友会的朋友，如果到了某地，跟他们联络，吃住招待就没什么问题。我们的口号是：天下黄友是一家。这种纯粹友情式的江湖交往的确难能可贵，尤其是在一个商业化的社会里。

也就是说，很多人接受了我这种非主流的生活方式，也有人说我传承了中国人某些江湖遗风。江湖是什么，这是很难一下子说清的事情，说到底，中国人天然就有集体主义的性格，希望在某个团体和关系中找到归属感，而商业社会让人迅速碎片化、个体化。不少人和我掏心窝，说某一天真的什么都不做了的时候，就想效仿我，把家门敞开，天天请客吃饭，才算是人生一大快事。

也确实有一段时间，我发现以家宴待客的情况慢慢多了起来，很多朋友是受我家宴方式的感染，他们接待的都是身边相交已久的朋友，每次还列了详细的菜单，搞得很雅致。

所谓黄友会的分舵不仅局限于国内的大小城市，国外也有不少。"黄友会"成立之初，我就一再重申，这绝对不能成为一个正规的组织，大家只是口头上说说玩玩，也只限于一个口头的约定。没有章程，没有制度，也没有领导。不过，既然我们聚集了这么多的人，如果加以善意引导，为社会公益多做一些事情，才是黄友会的价值所在。

老友周伟思挂名黄友会的秘书长，他是由诗人赵野和导演王超带来的。赵野家离我很近，他也是这里的常客。我跟他有一见如故之感，一是我们的年龄比较接近，二是性格和为人处世方面也相类似。我们很快就成为联系相当紧密的朋友，我有什么事儿，都会喊他来商量，他也一样，和那些前来玩耍的朋友不太一样。他为人相当直率爽快，交际面广泛，三教九流的朋友一大堆，他带来的朋友都比较对我的胃口。他做了黄友会的秘书长，还是挺卖力的，总是积极筹划，包括我生日的聚会都是他一手包办的，第一届黄友会的春节晚会，也是由他一手操办的。后来我们搞话剧会演，我拉他过来当评委，结果吓了他一跳，评委中有甲丁、中国戏剧协会主席、中国话剧院院长等等，当时一共演了五台话剧，事后他对我说，老

● 甲丁导演与黄玙（黄珂大哥）

● 2012年仲夏夜黄友会

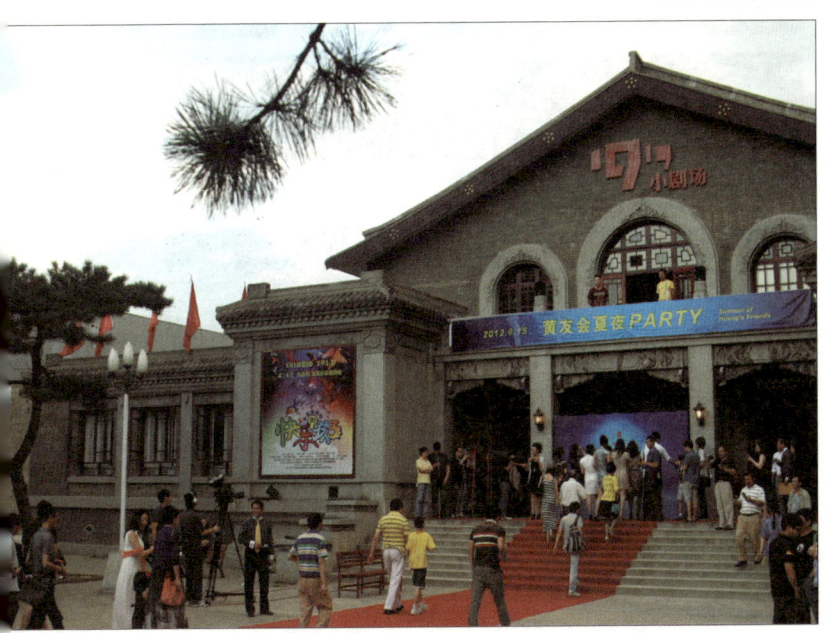

236

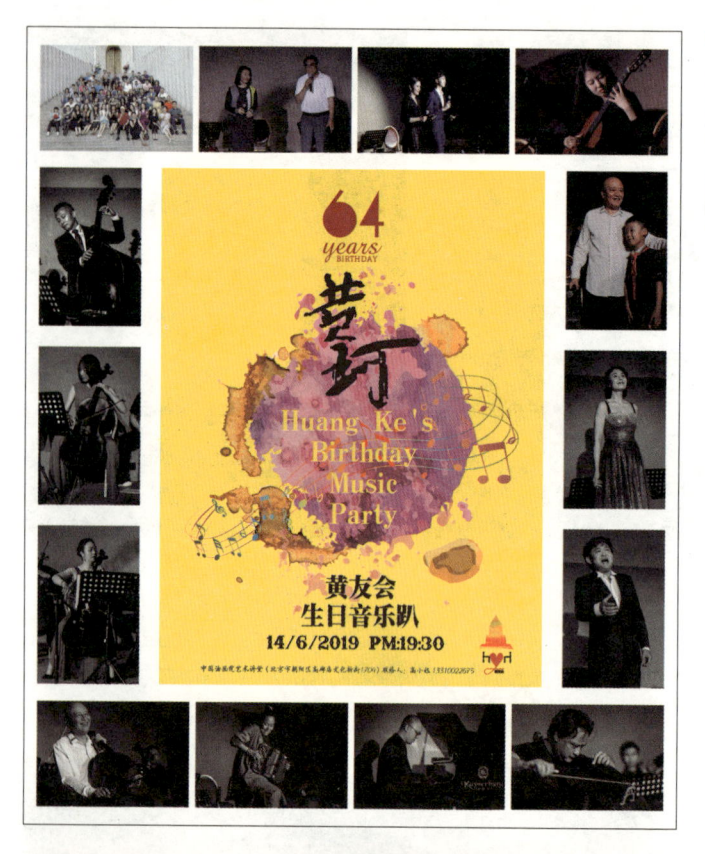

2019年黄友会生日趴海报

多次为生日演出小剧场执导的谢洪导演

黄，你还真行，这么多大人物都搬来了。

我们俩还作为黄友会的高级代表团，应邀到北美游玩。

有一次，老周带来他的一个朋友，是一个生意做得相当大的女老板，她一半时间在加拿大，一半时间在北京，人也极为豪爽，爱结交朋友。有一天吃饭时聊起来了，她说，这样吧，我请你们俩去加拿大、美国游玩一趟吧。她也是一个名副其实的美食家，所以我们之间的交流挺多的，她对红酒特别在行，可以说是专家级别，而且她确实花了很多心思，到全世界很多酒庄去访问，参加过很多红酒知识的培训，结识了不少红酒方面的专家。

开始我们还以为她只是随口一说，没想到，她很快就给我们订了机票。由于我们俩英语一窍不通，于是就找来了黄友会中一个学美术的女孩子，她的英语还不错，于是我们三个人组成一个小黄友会代表团。

行程的第一站就是温哥华，邀请我们来的这个朋友就在温哥华定居。她对我们的招待贴心又细致，考虑到我和老周岁数大了，所有的航班都是头等舱，只有陪同的那个女孩子坐普通舱。到了温哥华以后，我们就住进了领导人访加拿大时住的酒店，是海边一座极有名的酒店。温哥华之后是洛杉矶，然后又到了纽约，最后从纽约回国，历时二十天左右。

老周以前经常出国，对西餐不感冒，不像我，对西餐还能适应，他每次出国都要提前返回来，对吃饭很恼火。

但是没想到，经过这样一次旅行，老周对国外饮食的看法完全改观了。因为这次接待我们的是一个懂行的美食家，

再加上经过这么多年，国外的中餐馆也有了很大的变化：一是接待照顾细致入微，二是我们时间充裕，三是有美食专家专程照料。

我们到了温哥华的那个晚上，首先去了当地最好的粤菜馆，饭店给我们拿出一只大概一二十斤的帝王蟹，让我们吃了一惊。这家店是香港很有名的老板开的，菜都做得很地道，加上原料又好，饭菜自然差不了。我们的这个朋友随后又带我们去不同的餐馆，由于她对当地的馆子了如指掌，所以饭菜大大出乎我们想象。老周说，以前他出国都是忙忙叨叨的，吃东西不挑不选的，都是与外国人应酬，所以吃得很糟糕，以前吃的中餐很差，尤其是在法国、意大利、英国，这次完全不一样了。现在，温哥华、洛杉矶、纽约的华人都特别多，再加上几年的改进，变化很大。

在温哥华偶遇印第安人

在洛杉矶与黄友在一起

  在温哥华,有一次一位朋友举行很盛大的私家宴会,请客的主人是港台在温哥华的侨界领袖。家里的女主人知道我们两个都会做饭,于是说,今天你们每人做道拿手菜。我做的是肝腰合炒,老周做的是爆鳝鱼丝,来的人都赞不绝口。

  我们在加拿大和美国还见到了不少的黄友。因为我们每到一个城市,都有当地的黄友邀约去家坐坐,再叫上附近的朋友,真没想到,这么多人都在流水席上吃过饭。我原来也只以为是一次普通的旅行，但万万没想到的是，无论到哪里，都会有一大批人等着请我们这个所谓的代表团。最后我们到纽约时，一家华文报纸还专门进行了报道，说是轰动中国的黄友会高级北美代表团于某日抵达纽约，我们都感到非常惊讶。

我们这趟旅行也就是看看著名的景点，会一会黄友，吃吃当地美食，品一品好酒，完全就是一次轻松的玩乐，真是不虚此行，见识到黄友会广泛普及的程度。

黄友会其实就是在一个吃喝玩闹中形成的一个组织。准确地说，应该就是这么一个好玩的圈子，如果把吃过我家饭菜的人都算上，那现在黄友会的成员应该有二十多万人了，遍布世界各地。

黄友们还会不定期为黄友会做些义工。比如说我们组织一场音乐会，就把各方面的人都找到，大家都会积极响应。还为作曲家梁和平发起过一次募捐。梁和平也是我的老朋友了，他因车祸高位截瘫，医疗、看护费用很大，生活陷入困难。于是我发起了一场义卖筹款活动，在798找了一个场地，进行展览拍卖，黄友会的成员热烈响应，纷纷捐出自己的作品，激情竞拍，所筹得的善款都给了和平。这个事情做得挺轰动，那么多作品都聚集到这个地方，我也非常感动。这样的活动一定不能掺杂一丁点的个人利益，我非常在意这一点，不能让外界产生任何误解。

流水席一定不能搞得不明不白，名声不能坏。包括我唯一的女儿结婚，没有搞任何宴请酒席，悄悄领个证就完事了，很多朋友非常不理解。老周有一次跟我女儿开玩笑说，你真

● 黄友会为困境儿童举办公益慈善活动

● 2016年为困境儿童举办公益慈善拍卖会

的是很亏啊,别人的事你爸爸一呼百应,到了自己的事情便悄无声息了。江湖有江湖的规矩,这个规矩就在你的心里。

还有人对黄友会的人员构成有想法,劝我要分出三六九等,比如哪些是高端会员,哪些是普通会员,应该设一下门槛。我坚决反对这种差别对待的做法。流水席一开始的时候,

2016年黄友会跨年公益音乐会上白玮与黄珂

2016年慈善拍卖会与跨年音乐会上黄珂与女主持人

就完全没有等级之别、门户之分。我历来主张真正的自由，所谓众生平等，人没有什么高低贵贱之分。每个人生活经历、生长环境不一样，后来选择的职业不一样，这是社会造成的差异化，财富更不用说了，得允许有人失意。不可能大家都一样，都成为大老板、科学家、艺术家，都声名远播。我没有那么势利，这个社会也不能这么势利无情，得允许不同的人生之路，做一个普通人也挺好的，甚至有人愿意做一辈子乞丐，也没有什么不好的，只要他愿意，有什么可指责的呢？正是我们心中的这个评价系统，让我们变得急功近利，变得冷漠无情，也让我们生活在焦虑之中。

我对坐在流水席的每个人都是尊重的，心无芥蒂。坐在这里吃饭，不管你来自什么阶层，是什么身份，大老板也好，老百姓也好，穷学生也好，都可以平起平坐地在一个桌子上吃饭。比如，李亚鹏是我好朋友，有一段时间经常过来喝酒聊天，偶尔也带着王菲过来。有一次，大家都在各自闷头吃饭，突然一抬头看见王菲就坐在对面，简直大吃一惊，而且刘嘉玲就坐在她旁边。她们态度非常随和，到了这么一个私人空间，又不是在公共场所，所以没有人在这儿摆什么大牌，而且我对她们也没什么特殊照顾，只不过王菲吃素，给她做

● 王菲、李亚鹏在黄门宴

点儿豆花之类的而已。她们没有任何架子，毕竟到别人家里做客，反倒自然随意。

我个人感到特别舒服的一点就在于，只要你坐在流水席上，绝对不会出现因为一个人的身份地位低而受到歧视，也不会因为一个人了不起的社会地位而去吹捧他的情况，大家都是平等无差别对待的。所以，很多人来到这里有一种难得的平等感，这恐怕也是流水席的精神。

真不是清高，我对声望这类东西一点也不在意。有时偶尔在外面逛街时，有陌生人认出我来，因为很多电视台做过关于我的节目。当我上了《大家》《鲁豫有约》等节目后，有人说，老黄，你今非昔比了，成了名人了。说实在的，我一点点的得意感也没有，的确我也没做什么了不得的事，真的是浪得虚名，这是我内心的真实想法。我不是取得非常成就的

企业家，也不是一个出色的政治家，更不是一个专业艺术家。但如果说我是生活的艺术家，这一点我承认，因为我自信有把平庸的日常生活变得更舒适更有乐趣的能力。

记得前些年，中央电视台《心理访谈》找我上了一期节目。接触一段媒体后，我通常拒绝采访，没有比天天讲一个几乎老掉牙的故事更令人厌烦的，已经翻来覆去讲了这么多年，基本都是一个内容。《心理访谈》是因为朋友的关系，我答应做了，不过当时我有一个要求，少谈吃喝之事，既然是心理节目，那么就请一位专业的心理学家来，仔细分析一下我的行为，我好奇他怎么说。

他们果然把人民大学心理学系的系主任请来了。电视按常规讲完了我的故事，还令我意外地请来了我过去的同学，经过一段铺垫后，然后很诚恳地问身边的心理学家，按照一般人的眼光来看，我的做法是偏激、执着，还是一种异常行为。他想了一会儿，大概说我有一种转化生活的创新能力，是一个有生活创新能力的人。这倒没错，能让自己高兴还能让他人高兴的确是一种难得的能力。

在很多人眼里，我的作为如果不是从中获得利益，就是有意卖弄，完全是一种行为艺术，但如此的行为艺术岂不太费钱太劳累了吗？实际上，我一直自得其乐，如果真的毫无乐趣，关掉黄门宴是轻而易举的事。称呼我为生活的艺术家，应该是挺准确的。我们每一个人都难以逃脱柴米油盐的生活，以及世俗时刻的袭扰，而艺术就是一种超越，一种诗意化，既然不能免于庸俗化，我所能做的就是尽可能让它有些新意，有些脱俗和新鲜。至于有人算计我为此要花费多少钱财，那是庸人自扰之。

另外，我享受交往过程当中给予的快慰。具体而言，哪怕一顿饭、一顿酒，解决了对方的饥渴，也不错。还有更多的时候，朋友与我交往时，心理上是愉悦的，不管是我愿意倾听他们的倾诉，还是能够帮助他们解决实际问题；而反过来讲，我在与他们的交往中，也同样产生愉悦的感觉，这是相互共振、感染的，这实际就是人际关系中一种诗意的东西。流水席不是施舍，不是庙里开的粥棚，也不是一个免费餐馆，就是一个朋友之间交流的平台而已，并不复杂。

来的这些人，大多数素质相当高，并且来自形形色色各个领域，可以说是各行各业的精英，他们带来各种各样的见解和阅历，甚至他们身上独特的气息，都会随时打动你，让你有意外的收获。这种新鲜的交流是流水席迷人的地方，交流总是美好的、富有诗意的，这当然与来到这里的客人有关。一个人便是另一个世界，也是你面对的一面镜子，让你时时能够探知人生的深度和宽度，而且对人性有了透彻的感悟，这种获得相当珍贵。

我经常独自回想，日复一日的聚会到底给我带来什么。兴奋、喜悦种种交集的感觉，就如同时光之流划过的波纹，过去了也就过去了，即使一点痕迹不留，也不遗憾，就是那句话：当下的时刻便是我们的所有。还有就是，我意外结交了各式各样职业的人，以及拥有不同人生经历的人，每当他们绘声绘色讲起他们的故事，他们人生某个记忆深刻的片段，我感同身受，仿佛自己也经历了一番一样。比如遇见了一群搞音乐剧的朋友，以往我对音乐剧所知甚少，由于他们经常过来，时间一长，我也成了半个专家，对音乐剧的代表作品、代表人物、经典剧目以及音乐剧的发展状况，都有比较深入的了解。再比如我说的那个做电梯监控生意的朋友，他会告诉我很多从前一无所知的知识，例如说，伸一个手把电梯门按住，那是一个大忌，一只脚在外、一只脚在内都是危险的，进出电梯最好一个箭步，诸如此类。

我曾经长久地待在家里，但坐在饭桌上就可以很迅速地了解到某个行业中最真实的东西。不管知识也好，文化也罢，都是一个人长期积累沉淀出的精华部分，而我间接地在谈笑之间就得到了。正是来自四面八方的朋友，丰富我的人生阅历，开阔了我的眼界，我从中真的获益良多。

人，是偏见的生物

知己难逢嘛，这一辈子下来交几个真朋友不容易。黄珂这个人人品没啥可挑剔的。慢慢品，你会发现，他上一辈的基因很优良，他能做到宁可人负我我不负人。过去生意上大家相互会有个拆借什么的，但黄珂基本上有困难很少对我说，偶尔有一两次急了才张口，反过来当你有困难，找到他的时候，他从不拒绝。流水席靠的不是饭菜，靠的是一个人的修为。

——周伟思

随着时代的变迁，饭局的气味也在变化，有朋友直言不讳地说，老黄，搞艺术的人来得少了，商人多了，商业又让流水席变了当初的味道。也许。亲近的人提醒我说，现在的人都是带着目的来到这里，把这里当成了做生意的平台，否则无事不登门。随他们了，我不变初心就好了。老哥们儿我还是有一些的，继续聊天玩乐，只是酒是越喝越少了，因为年纪大了。

不少人很灵敏，在这里找合作伙伴，找商机，无可厚非，我全部敞开。有的朋友还在这里搞了专场，吃饭、喝酒，借我这块地开会、谈生意。我在一旁看着也蛮有意思，随他们折腾吧。有过节的人不期而遇也不是没有，或者是前男友带着新女友碰到前女友带着新男友，场面尴尬了些，我就是带着一笑泯恩仇的态度调和一下，剩下就是他们自己的事了。

人性的复杂并不是一桌饭上能看清说清的，我又何必搞那么清楚呢？

我的朋友中有不少人信了教，有的先信了佛教，又信了基督教，有的先信了基督教，又改信了佛教，也有信了教后来又退教了事的。至于信教的原因也五花八门，这里面很多人都是过了功成名就的年纪，将宗教视作精神上的追求，但有时真搞得我目不暇接。一个已经成为当代绘画大师的画家朋友说，那是因为我们总是活得很肤浅很生物化，只有宗教让人活出高尚的意义。

在我看来，宗教只与心灵有关，但凡附有现实利益，都多少有些扯。至今我还是乐观的现实主义者，人世的生活便是一切，舍此无他，但我不是一个唯物主义者，我当然相信心灵，我有我的寄托方式。

我在那位绘画大师望京的一处豪华别墅里，品尝着上万块一瓶的日本威士忌，听说出品这款酒的酒厂因为无法承受过高的工艺制作费用而倒闭了，所以，"这酒再也买不到了"，他说。身后便是他给某位明星画的一幅价值百万的画，听他说，他最近在藏区捐资修建一座无比巨大的坛城。金钱的力量还真是无往而不胜。

还有一个曾经天天狂喝滥饮的老哥们儿，有时甚至还因为生活琐事打老婆，突然某一天晚上打电话兴奋而神秘地说，老黄，我信基督了。我一点儿也不惊奇地回答说，好嘛，啥时候过来吃饭？有朋友从澳大利亚带的牛肉，正在锅里炖着呢，要不要来尝尝鲜？

朋友沉默了一会儿说，晚上我要参加一个查经的活动……再说，我已经戒酒了。

戒酒？

我听得出手机里他沉默的心声，那就是：老哥们儿，你的生活显然已陈旧了，过时了，而现在，或者我们谈生意，或者我们谈谈灵魂吧。

后来他告诉我《圣经》里的一句话：人活着，不是单靠食物，乃是靠神口里说出的一切话。我一直没有搞清宗教的神圣之力，每个人说法不一，我自知根性不够，还是甘愿做好红尘的俗人。

我的这位老朋友是四川达州人，在传媒界也算是老人了。先是在央视待了五六年，做过《为您服务》，还有朱军的《艺术人生》，还和马东合作了《文化访谈录》。后来去了凤凰卫视，策划过《世纪大讲堂》《一虎一席谈》等节目。

大概是二〇〇〇年阿野把他带来的。当时阿野还对他吹嘘，说是要给他介绍个京城中的大人物，为此还准备了一大箱古书要送给我，于是他就跟着来了。那天晚上，我给他们做了火鸡宴，搞得很西式。做西餐对我而言，是件轻而易举的事，还是学生时代我就可以对着菜谱搞出来了，虽然还没有见真正的西餐是什么样子。他算得上是最老的一批哥们儿，和他一批的有阿野、郭玉兵、叶童、赵野、马松、万夏、张小波等人。那时候，这帮人的家大多不在北京，都漂在北京找事吧，周末就聚集起来兴冲冲过来搞吃搞喝的。那时候我还经常自己下厨，给他们做黄氏牛肉之类的拿手菜，换着花样给他们弄吃的。

有一天，央视《人物》栏目组找到我，当时我就有些犹豫，就给他打一个电话，问他知不知道这个节目。他当时很吃惊地说，这个节目影响力可不小，他们怎么会找到你头上呢？节目弄来的可都是国内某个领域首屈一指的大人物啊，真正货真价实的牛人，上那个节目可了不得。

我听了后也很怀疑，我毕竟不是某个领域有所成就的专家，只不过就是开席请人吃饭而已，怎么会弄出这么大的动静呢？

后来他问我，《人物》栏目怎么找到我的？我想想告诉他说，王小山在《新京报》上专门发表文章介绍我，大概说在这一个广泛浮躁而忙乱的社会里，大家都忙着挣大钱，我却成了一个很另类的人，郑重其事地免费开门宴客。《人物》大概也是赞赏这种生活方式，想借此提醒一下现代的中国人，除了钱，人的生活还应该有点别的方式，大概就这么个意思。

当时，我也没太当回事儿，拍摄也是随意的，也没有刻意安排什么，随问随说，也没有讲出什么高深的意义或是道理，其实我原本就不是因为某种意义或使命做这种事的。

没想到的是，《人物》节目的影响力巨大，从此之后电视媒体访问就从没有间断过，一直到现在，基本是一次次地复述，把我这儿真搞成了京城的一个标志物。这的确是出乎我意料的事情，我只能说，随他去吧。

我这位老哥们儿曾私下对我说，你说好比诗三百，一言以蔽之，思无邪。怎么说呢，就是没人能搞明白。

但又何必搞明白呢？

人是充满偏见的生物，这种偏见显然影响对自己和他人的判断。

我面对的也不只是客人，也有时时刻刻的自我面对。人逃避环境可以，但逃避内心和自我，是不可能的。

我当然有疲倦、落寞的时候。

老朋友会私下问我，这么多年能够忍受这种流水式的生活来回重复，世上还有那么多别的生活方式，为什么不去选择？何况我接触这么多人，从量级上来讲，十多万人肯定是有了。宗教界、艺术界、法律界、政界、商界等，随时找个出路拔腿上岸，过另外一种全新的生活。

有人说我不是一个太内省的人，否则会做出别的选择了。比如这二十几万的食客里，各色人等都见过，人性中的好坏也历历在目，高官、富商、顶尖的艺术家、思想界的大腕等等，如果是内省的人，恐怕早已看破红尘，因为这里天天

是红尘，没有人会像我这样如此顽固，在红尘里总是不厌其烦地翻滚着。

其实，我别的事多着呢，比如开饭店。记得开办"天下盐"时，店名是我取的，那个时候，《南方人物周刊》出了一个专题，上面有一个标题叫"四川人是天下盐"，我心想这个名字蛮贴切的。店是我和二毛、向小丽三个人合开的，二毛懂行，以前开过饭店，弄些四川菜还不容易，再把流水席上的菜也搬过去就是了。开始时都是一些朋友去捧场，然后慢慢走入正轨后，大家都觉得这个味道还真的不错，于是在798也算是小有名气了，也开了分店。

二毛是我生意上的合作伙伴，一个美食家，也是"莽汉"诗人之一，最早和李亚伟开了一家火锅店，因为招待朋友太多，给吃垮了，后来在成都开的"川东老家"也关张了。那时他还离了婚，就来北京找我。当时也是一大堆诗人找安身立命

● 马刚、二毛、徐克、施南生夫妇在天下盐餐厅

● 在天下盐厨房指导工作

的那段时间，毕竟诗人也是要吃饭的。而那时候我这里更像一个码头，一个随时提供免费食宿的落脚点。

李亚伟说，二毛看待川菜像学者对待注释，喜欢追根溯源，喜欢寻找口感上的原始动力。二毛从不认为麻辣是川菜的灵魂，他对麻辣看得不重。他认为麻辣是川菜的外衣，有时更是川菜的虚荣心。这个家伙和我创新了很多川菜，现在他的名头不小，玩得风生水起的。

他来北京时，大概有一年的时间在我这里吃住，因为我这里离798比较近，也方便他去招呼生意。

"天下盐"这名字我知道出自《圣经》，于是就问了这个信基督教的老哥们儿。他解释说，这名字起得好啊。因为《圣经》里面讲，我们要发光，我们要做盐，就在《圣经·马太福音》五章里。基督耶稣说：你们是人类的盐。盐若失掉了咸味，就无法使它再咸。它已成为废物，只好丢掉，任人践踏。它咸呢？你们是世上的光。城造在山上，是不能隐藏的。人点灯，不放在斗底下，是放在灯台上，就照亮一家的人。你们的光也当这样照在人前，叫他们看见你们的好行为，便将荣耀归给你们在天上的父。

然后他就把《圣经》里的意思告诉我，说人就应该发光做盐，要有味道，要防止自己腐败，也要防止团队的腐败，因为盐是防腐的。

他还告诉我，任何东西，只要放在盐里，它就能

够保持很长的时间。《圣经》里面还说，盐要和睦，调和百味。我当时也认为《圣经》中对盐的说法很深刻很准确，就让他帮店里设计一些东西。他说，别的先不说，每天的员工训话加上这一条：我们要发光，我们要做盐。

现下嘛，我也与时俱进。

太阳，照着好人，也照着坏人

当你觉得快差不多的时候,你的生命就要结束了。所以整个生命都是很悲情的东西,以前我不觉得。你在二十岁的时候,觉得未来无限。未来是什么呢?就是有大把的时间可以浪费,其实根本没有。时间太有限,就像《圣经》里面说的一样,打比喻的时间都来不及。这就是人类共同的处境,人类的生命周期还是短,按照精神的理想来说,还是太短了,不够用。

——毛喻原

流水席中的人大多都知道王大迟,人长得有点像列宁,个头不高,极有文化和修养。他很长时间穿着一件带着漏洞的背心,已经发糟了,稍微一使劲可能裂开。我要给他买新的,他不干,也不在乎,他只在乎他的思想是不是落后,人是不是苟且、不务正业，他是那种一眼能看到骨头的人，一个满怀理想主义的稀有之物。比如他去参加某些学术论坛，大家都会挑饭店挑菜品，而他根本没放在心上，只希望越简朴越好，这并非刻意为之。而且饭后他会把自己的伙食费主动掏出来付给主办人，搞得对方有些不知所措。

汶川发生大地震时，在门头沟，一个朋友在家里做了一场祭奠亡灵的活动，到场的大概有一百多人，大家都点着蜡烛，朝四川的方向祭拜，整个活动都是由他主持的。你会感到他这个人的精神世界很单纯干净，而且深刻到你不可探知的程度。

还有朋友为他专门做小传：

生于中国现代历史一个最关键的年头：一九四九年。这个年头使他成为一个宿命论者和天生的理想主义者。

大学期间以独具的风骨和才华成为西南最高师范学府自一九五七年来第一个学生文学社社长，并因此自绝于中国式经济仕途、学院翰林。耽于沉思，疏于著述，不求闻达，不意被封"民间思想家"。

二十世纪九十年代初以《大道》为题，撰写叩问"中国往何处去"之五集政论片，论者称为"冷战结束后对中国道路运思甚深的先知式作品"。同期有长篇诗评《俄罗斯启示》传布四方。抗战胜利五十周年以九集电视片《抗战陪都》折服众多业内人士；六十周年又组织巨型长卷史诗国画《浩气长流》，尚未问世，已臻不朽。

媒体上对他有一个特殊的头衔称谓，叫作"民间思想家"。这个说法相当荒唐可笑，思想家就是思想家，还有什么民间、官方之分？不过他一直身处江湖之远，除了大学毕业后短暂地当过老师以外，就再也没有干过正儿八经的公职，一直在民间游荡着。

后来他来到我公司，住在我家里有四年的时间。那段时间里，我们一起做了不少事儿，比如做了《大道》《重庆大轰炸》等纪录片，《大道》的影响力还是蛮大的，当时是在国外发行。他属于那种真正有担当、忧国忧民的知识分子。

他学富五车，对很多方面都有很深入的研究，比如他对俄罗斯了解相当精深，无论是俄罗斯历史和文学艺术，还是苏维埃革命的影响，国内很少有专家有他了解得那么全面深刻。像他这种对学问孜孜以求的学者在现实中越来越少了。

他的演说感染力非常强，很少人不为之震动的，而且他的记忆力超凡，比如抗日战争中，国民党所有大战双方的兵力多少，配置如何，力量对比，他张口就来，如数家珍，抗战史一直是他研究的一个重点。因为他舅舅唐君毅是现代儒学代表人物，他或多或少受到影响，因此儒学研究的造诣也非常深厚。

那四年的时间里，我们几乎天天泡在一起，那时候我在亚运村住，一样地做菜请客，但还没有今天这种规模，不过那时人也挺多的。后来我搬到望京，他就回重庆了。

抗战胜利六十周年时，他做了一个比较大的活动，组织了十来位国内的画家，绘制了一幅巨幅长卷，画的是在抗战当中牺牲的将领，最初有二百多位，画面巨大，画中人物比真人还大。为此，他查了大量的史料，人物不停地加，包括牺牲的抗日将领、国共两党的抗战领袖、参加抗战的文化名流，还包括二战相关著名人物，都画进来。

这幅画名叫《浩气长流》，有四吨多重，用了三千多张废宣纸，长度为八〇五米，人物多达八三八名，其中包括数十名反派人物，一直到二〇〇九年二月二十八日在重庆正式创作完毕，花了三百多万，所有的参与者分文不取。里面的序、弁、述、跋及说明、介绍、文献、标语、诗章、歌赋等有十二万多字，镌刻石制狮印一六八枚，重达四吨，算得上是中国及世界美术史上的空前杰作。这幅画在台北展览过，很多人看了都很震撼，创下了吉尼斯世界纪录，中国画卷里面，没有谁的画这么长。

他曾经对我说，中国的抗战打得如此艰苦，如此悲壮，死了这么多人，不该被后人毫不负责地遗忘。他所做的就是尽可能还原历史，并非为了哗众取宠，而是为了纪念在抗战中牺牲的军人，为中国人在纸上建造一座纪念堂。这件事儿我非常认可，也参与了不少工作，为他提供各种帮助，主要是跑腿联系。

他就是那种担当大义、心忧天下的人，做了很多事都纯粹为了国家民族，而且没拿国家一分钱，全靠自己。他既是我的兄长，又是我的良师益友。我三十岁左右与他相识，很长时间都和他在一起，他潜移默化对我有很大的影响。他提醒我在这个社会，除了自己能够安稳过活之外，还要有一份社会的道义责任，不能那么苟且，活得那么自私自利。

他身上有着中国知识分子与生俱来的情怀，所谓先天下之忧而忧，后天下之乐而乐。他有一段时间生活困难，全靠朋友们接济。他做人做事令大家钦佩，从不为一己私利，而是心忧天下。情怀这种事，不只是说说那么轻巧，要坚守要做出来那就是千难万难了。比如当时做《重庆大轰炸》这样的纪录片，需要大量的资金和人力，做得极其艰辛。纪录片在央视播过，在国外反响很大。

我还专门在北京给他做了六十大寿，他的号召力极大，那个时候不少知识分子来到北京，庆贺他的六十大寿，场面非常隆重。我们还把他以前写过的若干文章合成了一个文集，出了一本书，名字就叫《俄罗斯启示录》。

在流水席上，你受到不同人的影响，很多是点点滴滴的。有些人哪怕很平凡，并没有显赫的成就，但是他身上某些长处会打动你，值得你细细地体味，或者应该可以作为借鉴的地方。

其实，人就是一个能量体，比如说某种气质的人，你很容易和他相亲相近，但另一种气质的人，你就会感觉别扭和排斥，大概是能量的系统不同吧。我比较喜欢热情、积极、开放的那个类型，人就应该像一个火种，随时带给人温暖光明的一面；而那种阴暗、冷漠气质的人，我天生是有些反感的，如果自己像块冰，也会给周围人带来寒冷。乐观，是我们对这个世界最基本的善意，虽然不是每个人都是天生积极的。

比如电影人吴天明,也是我的老朋友,在亚运村那个时候就认识了,他在西影厂当厂长,一九八四年执导影片《人生》和一九八八年导演的电影《老井》,产生了巨大的轰动,获得了不少奖项。后来他在国外滞留了很多年,把曾经的一切都放下了,非常可惜。等他再回国时,人已经六十岁了,但意志一点也没有消沉,内心还是像一团火一样,活跃地参与各种活动,和西安枝江文化创意产业园区合作,成立了一个专门支持青年导演的专项基金会,推荐了不少年轻人,而且自己也积极筹备各种电影。和他一接触就觉得他活力四射,嗓门也高,有着很强的感染力。一个人到了六七十岁,还能像他这样充满活力地工作,为自己心中的理想不停拼搏,真令人钦佩。实际上,他身体已经出问题了,但他还是每天自己开个车到处找人谈剧本,商量拍电影的事儿。我非常欣赏他表现出来的人生态度,六七十岁的人,还在为自己钟爱的事业不停地奔波。

我和他交集比较多的时候,是他拍电影《变脸》的时候。因为《变脸》讲的是川戏,而我和王大迟都是四川人,他就过来与我们一起聊剧本,而且说干就干,很快就找来了演员,我给他联系了一些川剧著名的人物。总之,他那种随时处在兴奋中的工作状态,会感染身边的每个人。

意大利作家卡尔维诺说,你要知道周围的世界有多么丑陋,你就要注意那些来自思想家灼灼发亮的批判性的目光。毛喻原就是这样目光灼灼的思想家,他是四川乐山人,表面看上去很温和很内敛的一个人，像个苦行僧，但是思想却极其精彩激烈，而且是一个旷世奇才，经常有惊世骇俗的高论，坐在你跟前能滔滔不绝说一晚上都不停顿的人。他很年轻的时候，就已经有了独特成型的思想体系，写出了《永恒的孤岛》这样的惊世之作，到现在仍然不失深邃，很有哲学高度，而且跟现行的价值观和世界观完全不是一个层面。他傲立于世，站在整个人类社会的维度去看待现实世界，他的语言系统和思想系统有着现代人无法企及的高度。

他有时候会受邀过来，和大家聚在一起，很多时候闷头不语，但一开口就语惊四座。他自己办了一份私人杂志，叫做《汉箴》。他翻译了不少作品，包括意大利著名记者法拉奇的书，有些书他觉得好，就自己翻译出来，也不公开出版，谁需要，他就打印装订送人。

他二十世纪九十年代就以翻译为生计，而且非常较真，每年只翻译一本书。按他自己的话讲，当年翻一本书能赚到三千块钱，比当时公务员工资还多一点，生活有了基本保障，如果省吃俭用，还可以每年外出旅游一次。一九九四年，他到北京来看望王大迟，而王大迟当时就住在我在亚运村的公司里。他认识王大迟是因为读书时就打过交道，关系一直没断，相互欣赏。所以他那个时候就结识了我。当时他深居乐山，我向他推荐一张朱哲琴的唱片，很对他的口味，当时就送给了他。

一九九五年，他来到了北京。我经常给他打电话说，你过来吃个饭嘛。一个人，要是能被毛喻原认可是件不容易的事,后来他告诉我说,他觉得我这个人懂礼数,因为他当时无权无势,就是一个北漂,没什么利用价值的人,又没当官又没有钱,而我没有一丝一毫的嫌弃和势利,对他一直热情相待,这让他很感动。

这个人很牛的地方之一,是没有经过任何绘画训练,就开始画彩画,而且画面完全是想象中的风景。看了的人都说,他的绘画非常有宗教感,色彩非常艳丽。开始时画了不到十幅,他以前根本没学过,没有什么特别的动机,就是当时想画就画了,都是脑海里积累沉淀的画面,而且是早已存在的画面,完全出自想象。二〇〇三年开始,就一发不可收,很快就画了将近五十幅,所有认识他的人看了后,惊讶万分。

他的一个朋友,在北京当老板了,一眼看见画后,惊喜不已。马上给我打来电话说,你要给老毛在北京找个美术馆搞个展览啊。不由分说当即就给我汇来了十万块钱,让我去找个场地,好好组织这件事。那个时候我还从来没搞过展览,但受朋友之托,就应承下来,开始四处张罗他画展的事。

开始时是定在今日美术馆,由于今日美术馆档期的问题,最后定在了炎黄美术馆。时间很巧,也就是那个画展之后,成立了黄友会,所以我记得很清楚。当时,毛喻原还对我这种开流水席的方式提了自己的意见,在他看来,来的有些人"一看就是鬼鬼祟祟的,说几句话,就知道这个人的灵魂彻底毁掉了,还有什么值得交往的呢"。但我还是坚持一视同仁,并且告诉他,即使敌人我都会包容,更何况是一个匆匆的食客。再说了,一个人坏也坏不到哪里去。但对他而言,对

"灵魂坏掉的人"绝对是不可容忍的,我却从不会探究这个人是什么类型,流水席不过就是给人提供港湾一样的地方,给人一点精神的温暖而已,有必要那么挑剔吗?《圣经》上不也说,阳光照好人也照歹人嘛。

他和我很少聊他研究的那些高深的学问,知道我对头疼的哲学不太感兴趣,但不妨碍我们一直保持着友好的关系。

毛喻原就是这种独往独来、我行我素的性格,包括他过去的老朋友,到今天对他的评价还是,他这个人绝无仅有,到北京已经二十多年,还和来的时候一模一样,从不按世俗的规矩行事,却对很多世人忽视的事情充满难得的激情。

可以说,他的精神很纯粹,自我排毒能力很强,基本没有受到物质主义的侵蚀,而很多人已经变得面目全非了。据他所言,他之所以长期保持这样一个状况,是因为他对人世很早就失去了兴趣,反过来对自己内心的世界,乃至更广阔的世界感兴趣,所以他把对人世的热情都投向自然世界。这样就可以解释,为什么老毛没学过画,但他的树能画得那么美好,因为当人们涉足社会、为名利奔波时,他反而倾心于自然世界,对人们所忽视的自然世界非常着迷。在外人看来,他就是一个不折不扣的疯子。他一直关注着另外一个世界,所以他仅凭记忆就能画出这么优秀的画。他曾经对我说,他这个人并非特别聪明,也不是天才,仅仅是因为比别人花在自然世界的精力要多得多而已。

作为朋友,他是我生命的一个很好的参照。他极其讨厌所谓伟大的理想、宏大的主题之类的东西,反倒喜欢我们眼前细碎的被别人忽略的事物。比如他的木刻画，里面很多都是些不起眼的东西，比如路边的一棵草，别人视为平常，但他却从中看出非凡之美。

我们就此探讨过，绘画，包括艺术，都带有强烈的主观性。他说得更绝对，人活的就是主观性，他认为唯物主义的哲学是动物的哲学，很低级，为此他还在报纸上发过文章，说人应该信唯心论，唯物主义是动物哲学。虽然像他这类人远离社会，被边缘，被隔离，但没人知道他们的内心有着更加丰富和美好的世界。

他更多的时候，是在一人独处的空间里面。他在人堆里会感到拘谨，感到羞涩。一旦他进入自己的世界，就变得生动饱满，身心很自在。他曾经说了一个很好的比喻：一个人真的要做点事，就要偷偷摸摸的，跟偷鸡摸狗一样，在家里面不能声张，那是你自己的事儿，是见不得人的。

我曾经开玩笑和他说，我们是相反的两个人，我是这个年龄接触人最多的一个人，而你是接触最少的。他太喜欢独处了，包括他新婚时，就跟夫人分居，两个人一个星期只见一次面。就像他曾说过，只有独处和寂静才有创造力。其实他弄的川菜也挺不错，他还自己配制了酒，偶尔也宴请一下朋友。凡经他手弄出来的东西都有特殊的滋味。他天天都喊着时间不够用，甚至连吃饭也嫌累赘。

接触这么长的时间，我多多少少了解他一些，他实际对流水席没太大的兴趣，他属于孤僻性格，心理学上这么定义的，只注重自我内心的东西，喜欢单打独斗，不愿意走向社会，多少有一点自闭。孤僻性格的人有着他的优势，他会得到更多的时间，做他自己想做的事，所以他能做杂志，弄翻译，搞木刻，画彩画，搞陶瓷，可以说，项项都做得很出色，出人意料。我周围朋友中，最珍惜时间、最热爱时间的人莫过于他了。

他就是这么一个独特的人，他的观点不被主流认同，在民间也不被认可。他的话有时令人浑身冒冷汗、坐卧不安。他说：这个国家并没有官方和民间所谓的对立，因为他们的内在精神结构都是同质的，包括那些喊着新名词的知识分子，仅仅是所处的场景不同而已。

世俗的
情怀

黄珂从一九九二年就是文艺青年的打扮，一头披肩发，极其帅气，就有那个范儿。我交往的朋友圈里，黄珂文化底蕴相当深厚，而且坚持这么多年，无论是经商还是干什么，他读书的习惯一直没有变。而且他总在更新自己，能够吐故纳新，即使到了高科技时代，从微博到微信，他一直走在前列，所以他一点也不落后，再加上他自己比较丰厚的文化底蕴，使得他的朋友圈不断扩大和持续。

　　其实他也非常独特。有很多有钱的人、有身份的人说，这样的事换谁也可以弄一弄，但恐怕没有一个人能真正长久做起来。不是说你有钱买菜、买酒、烟茶和水果，雇得起厨师就弄得起来，那是可笑的，流水席上特别的氛围，依靠的是主人大度、高尚的品质和情怀才能做到。

  我跟黄珂也交流过，从二十世纪九十年代初期，到现在他的朋友圈也在不断地变化，尽管有些人来得少了，但仍然是黄珂的朋友，这是很可靠的朋友。任何时候，只要黄珂电话一响，我肯定第一时间就跑来，因为作为真正的朋友，他做到了。

——孙小平

应该说，我天生就不是一个合格的商人。

我到北京下海以后，创办的第一家公司名为天境广告公司，同时还创办一个今典文化公司。天境广告公司是跟徐璞合作。因为一九九三年发生车祸以后，耽误了一段时间，好了后，我和陈华几个人在天伦王朝旁边一家酒店里，正商量着想创办一家咖啡厅，因为地板太滑，不小心又摔了一次，刚愈合的骨头又摔断了。就这样，前前后后折腾了差不多一年时间。

天境广告公司成立的时候，因为我是外来者，必须跟当地的朋友一块儿配合做。徐璞那个时候在出版社，我们来往打交道比较多，彼此比较信任，于是合起来一起做。但是我摔伤以后，因为是我主抓业务，我躺在病床上一年多了，公司经营就很困难了，最后难以维系了。当时房租很贵，我们租了两大套房间办公，基本费用支付都有问题。我跟徐璞都比较明智，就把这个公司关张了。后来我俩又在亚运村跟另外一个朋友合作开了一家餐馆，我和老徐都投了点钱，不负责经营，具体事务都由另外一个朋友全权管理。我一向对生意不太在意，于我而言，权当是帮衬朋友，但老徐做生意比较较真，觉得开了这么多年，钱也没赚到，有点沮丧，但老徐毕竟明大理，最后大家和和气气分的手，也没闹什么不快。

大大小小的生意也不知道做过多少，老朋友会很直接地说，老黄你做事的成功率太低，执行力也有问题，生意场分毫都要计较的事你做不来，因为你骨子里就是一个散淡的人，目的性不强。

比如在798搞艺术酒店的事情，几个朋友一起投资，我找人一起商量拿出了一个方案。当时股东们在家里聊具体操作的事，有人就说，老黄你别做了，你就踏踏实实在家里面研究菜谱，一个礼拜拿出一道新菜来就行，具体的事儿还是交给别人去做。因为他觉得我这个人身上的文化味儿太浓，商业方面欠火候。当时我没听，也挺执拗，觉得不是说你要给我投资，我就要听你的。

项目进展得不太顺利的时候，我就让一个老哥们儿给我找了个人，搞了个计划。某一天，我们在一家会所见了那个人，谈了很长时间，然后饭没吃，就开车往回赶。中途接到电话，说顾长卫去了天下盐，当时天下盐刚开张。

一路上，我有点疲劳，被那个项目弄得有点心灰意冷的，我的那个老朋友有些好奇地问，老黄，我还是头一次见你唉声叹气的。我当时叹道，没想到，这个项目没做好，那个项目也有问题，叹口气还不是正常？朋友安慰我道：你朋友多，总会有办法的。

我确实很少在他人面前流露出失落的表情，因为他是老哥们儿，也就没顾忌。其实那时候我面对的压力是超常的，各个方面都进展得不顺利，审批也没有下来，钱也投入了很多，如果做不成，许多努力都付之东流了。

那个老哥们儿说，老黄，你现在处于低潮期，一定要振作起来。我当时说，没事，一切都会过去的。

我们到了天下盐以后，按我老哥们儿的话说，我整个人

著名导演顾长卫来天下盐聚会

蒋雯丽与黄珂

的神情都变了,没有流露出丝毫沮丧和失意的神态,仍然和往常一样,兴致勃勃地与顾长卫交谈了半天,吃了碗四川小面,那时候天下盐刚开张,也还没挣到钱。

　　回家的路上,老哥们儿说,你真行,真的是心态超常,顶这么大的事，一点也没有让外人看出来。我对他讲，朋友来见你，又不是来看你苦脸的，自己的事自己消化呗。我这个人有一点，从来要把朋友放在第一位。

那一阵子，很多周围的朋友都知道我的生意出了问题，眼看似乎撑不下去了，为我担心。但没想到的是，流水席照样开着，我还一如平常招呼大家吃喝，照样谈笑风生，好像什么也没有发生过似的。比如有朋友喊我去斗地主打牌，我实际上还有些难办的事要处理，但还是要照顾朋友的情绪，陪着他们玩尽兴。可能周围的很多朋友都想不通，认为我没心没肺的。其实，没有人比我更清楚自己的状况，但是确实没把这些事太放在心上。失意的时刻当然是有的，明知有些人伤害了我，但我还是照样笑脸相迎，在我看来，这种心境既有先天的基因，也有后来的磨炼，总之，这是待客最起码的礼貌。有时候，我很多朋友都私下告诉我，某某就是一个骗子，还能厚着脸皮总来，我会回答说，他既然能来，我还一样接待，并非想感化什么人，以德报怨什么的，只是我做人就是这样的，到什么时候，什么场合，都不能失了礼数。

曾经有一家媒体问我：你就是再宽容，再没有标准，你毕竟是个凡人吧，对来客总有讨厌、喜欢之分吧？佛教讲慈悲，基督教讲博爱，孔子讲仁爱。你再说没有利害关系，还是有你超越不了的，那就是人性你超越不了，而人性是有限度的。在我看来，除非你真的上升到宗教情感才能做到，但你又不信教，你是如何把世俗的情怀上升到宗教情感的？

我当时回答说，我也不知道自己身上是否有宗教情感，

雪川为黄珂的餐厅天下盐作赋

我没深究这个，我做流水席的确是自然而然，没有什么勉强。否则我就是在演戏了，但如果真的是在演戏的话，天天重复会很累人的，而且随着年龄增长，会吃不消，累死人的。但我一点也没有觉得累，我承认这里面有心灵的力量，否则有些事是超越不了的，比如你说的人性的好恶问题。

每天大家吃完喝完，人散完以后，一下子静下来，这个反差还是挺大的，前一刻还是人声鼎沸、呼呼啦啦的，后一刻，屋子里空荡荡就留下我一个人。但我真没有有人说的那种凄凉感，这个时候我正好静一静，有时候一个人上网下下棋，有时候看电视，听听音乐，有时候也会再补喝点酒。有时候，喝多了以后就一个人在沙发上睡着了，醒来了再回床上休息一会儿。

这事我没想太多，只觉得生活对我而言，就是如此，总是能保持坦然不变，其中又没有多少刻意和委屈。我天生就有消化情绪的功能，这也可能是我天生的福报吧。

图书在版编目（CIP）数据

流动的世象：黄门宴上的社会镜像 / 黄珂口述；白玮, 方伟著. -- 北京：研究出版社, 2024.6

ISBN 978-7-5199-1691-6

Ⅰ.①流… Ⅱ.①黄… ②白… ③方… Ⅲ.①散文集—中国—当代 Ⅳ.①I267

中国国家版本馆CIP数据核字(2024)第109698号

出 品 人：陈建军
出版统筹：丁　波
责任编辑：安玉霞
书籍设计：潘振宇

流动的世象：黄门宴上的社会镜像

LIUDONG DE SHIXIANG: HUANGMENYAN SHANG DE SHEHUI JINGXIANG

口述/黄珂　著/白玮　方伟

研究出版社 出版发行

（100006　北京市东城区灯市口大街100号华腾商务楼）
北京隆昌伟业印刷有限公司　新华书店经销
2024年6月第1版　2024年6月第1次印刷
开本：787毫米×1092毫米　1/32　印张：8.75
字数：185千字
ISBN 978-7-5199-1691-6
定价：79.00元
电话（010）64217619　64217652（发行部）

版权所有·侵权必究
凡购买本社图书，如有印制质量问题，我社负责调换。

● 2023年父亲节，毕业于列宾美术学院的干儿子罗熹特意为我画了一张油画肖像，本人甚为满意！